읽기

한국뉴스

KOREAN NEWS READING

韓國駐台記者
教你看懂
韓語新聞

50 堂由淺入深的閱讀訓練課

柳廷燁　　著

서문
作者序

< 목적 >

　한국어 학습자들의 대부분은 한국 연예인, 대중음악, 드라마, 예능프로그램, 영화 등 대중문화의 영향을 받아 거부감 없이 한국을 받아 들이면서 한국어 공부를 시작한다. 단순히 한국 문화가 좋아서 한국어 공부를 시작한 한국어 학습자는 중고급 과정에 이르면서 더욱 심도 있는 한국어를 공부하고자 한다. 이 때 필요한 것이 뉴스다.

　많은 한국어 학습자들은 뉴스에 대해 거부감을 갖고 있다. 어렵다는 이유에서다. 이 책은 이러한 거부감을 타파하고 뉴스를 읽는 습관을 기르는 데 목적을 둔다. 사용되는 어휘와 표현들은 모두 실제 한국 뉴스에서 사용되고 있다.

　이 책은 한국어 학습자들의 한국어 능력을 향상시키고자 실제로 보도된 뉴스를 토대로 쓰였다. 다양한 단어와 표현 등을 접하면서 읽기 능력을 향상시킬 수 있도록 하였고 이를 토대로 한국어로 된 뉴스를 보다 쉽고 빠르게 읽을 수 있는 데 목적을 뒀다.

　또한 기사문 자체는 읽기 중심이지만 듣기, 말하기, 쓰기를 함께 병행할 수 있는 자료가 된다. 학습자는 기사를 읽고 그 내용에 대해 자신의 견해를 말하거나 적음으로 다른 사람과 소통할 수 있다.

　이 책을 구매한 학습자들에게 다양한 한국어 어휘와 표현을 습득하고 독해력을 향상시킴은 물론 한국에 대한 상식을 넓히고 특정 이슈에 대해 자신의 생각을 표현할 수 있길 바란다.

〈目的〉

　　大部分的韓語學習者受到韓國藝人、流行音樂、電視劇、綜藝節目、電影等大眾文化影響，自然而然接受韓國，開始學起韓語。起初，學習者僅單純出自於對韓國文化的喜愛而學習。邁入中高級階段後，便會追求更為深入的學習，而此階段需要的教材便是新聞。

　　許多韓語學習者對於艱深難懂的新聞有所抗拒，而本書的目的便是幫助學習者排除抗拒心理，培養閱讀新聞的習慣。書中內容皆為實際在韓國新聞報導中使用的用詞和句法。

　　本書以實際報導過的新聞作為素材編寫，目的在於協助韓語學習者提升韓語能力。藉由接觸豐富多樣的詞彙和句型，提升閱讀能力，同時以此為基礎，得以更輕鬆快速地閱讀韓文新聞。

　　另外，雖然新聞文章本身以加強閱讀能力為主，卻也能同時當作聽力、口說、和寫作的教材。學習者在讀完新聞後，可針對其內容說出、或寫下自己的看法，與他人溝通交流。

　　希望所有購買本書的學習者，都能學會豐富多樣的韓語詞彙和句型，藉此提升閱讀理解能力。同時拓展與韓國有關的常識，得以對特定議題，表達自己的想法。

이 책의 특징 本書特色

1. 다양한 어휘를 습득할 수 있다 .

이 책을 통해 정치 , 경제 , 사회 , 교육 , 문화 등 다양한 분야에 대한 전문 용어들을 배울 수 있다 . 본문에서 쓰인 어휘나 표현들은 실제로 가장 많이 사용되는 것들로 저속한 수준의 언어 사용은 배제되었다 .

2. 시대적 배경 , 상황과 문화 등을 폭넓게 이해할 수 있다 .

본문을 통해 접한 내용들은 사실을 바탕으로 쓰였다 . 그렇기 때문에 시대적 배경 , 상황 등을 이해할 수 있다 . 뉴스는 당시 일어난 시대를 반영하고 있기에 이 책을 통해 한국어를 공부하면서 시대적 상황을 알 수 있다 .

3. 적당한 지문의 길이로 독해 능력을 향상시킨다 .

이 책에 실린 지문은 1 페이지 내외로 길지 않아 바쁜 학습자들에게 짧은 시간 내에 다양한 주제로 된 본문을 접하면서 독해 능력을 향상 시킬 수 있도록 했다 . 또한 본문 뒤에 단어의 뜻을 실어 사전을 굳이 찾아보지 않아도 된다 .

4. 읽은 내용을 바로 확인할 수 있다 .

본문을 읽은 뒤 바로 내용을 확인할 수 있도록 중심 내용을 찾는 문제와 O,X 문제를 실었으며 해설을 첨부해 스스로 학습할 수 있도록 했다 .

5. 본문과 관련된 주제에 대해 생각해볼 수 있다 .

본문을 읽은 뒤 이와 관련한 주제에 대한 질문을 실었다 . 이는 학습자로 하여금 그 질문에 대해 생각해 볼 수 있다 . 또한 질문에 대한 예시 답안을 실어 이를 통해 생각을 어떻게 표현하는 지 공부할 수 있다 .

1. 學會豐富多樣的詞彙

透過本書，能學會政治、經濟、社會、教育、文化等各項領域的專業用語。新聞採用的詞彙和句型，皆避開粗俗不雅字詞，為實際報導中最常使用的用字和句法。

2. 助讀者廣泛了解時代背景、當時的情況與文化。

新聞內文皆依據事實進行改寫，有助於了解相對應的時代背景與情況。而新聞反映出事件發生當時所處的年代，因此透過本書學習韓文的同時，也能了解不同時代的情況。

3. 以適當的文章篇幅，提升閱讀理解能力。

本書所收錄的新聞篇幅皆以一頁為限，讓忙碌的學習者能在短時間之內，接觸豐富多樣的新聞主題，提升閱讀理解能力。另外，於文後附上單字的意思，幫讀者省下查字典的時間。

4. 讀完新聞後，即刻確認自己讀懂多少。

新聞後方提供相關試題，要求讀者選出新聞主旨、作答是非題，藉此確認是否有讀懂剛才讀過的內容。同時附上詳解，供讀者自行檢討之用。

5. 針對新聞相關主題進一步思考。

新聞後方附上與該新聞主題有關的提問，讓學習者在讀完新聞後，可以針對相關主題進一步思考，並藉由答題範例學習如何表達自己的想法。

뉴스 읽기 요령

기사의 구조

新聞報導結構

1. 역피라미드형 (두괄식) 倒金字塔式 (先總後分)

대부분의 기사문에서 사용된다 . 제일 부분에서 중심 내용이 나온다 .
新聞報導最常採用的寫作方式，於開頭點出新聞重點。

2. 피라미드형 (미괄식) 正金字塔式 (先分後總)

시간의 흐름에 따라 작성되며 중요한 내용은 마지막에 배치된다 . 의견이 담긴
기사나 르포 , 여행 기사 , 신문 사설에서 자주 볼 수 있는 구조다 .
按照事件發生時間的先後順序撰寫，把新聞重點放在最後。此種寫作方
式經常用於引用他人看法的報導、現場報導、旅遊新聞、社論當中。

3. 혼합형 (양괄식) 折衷式 (首尾呼應)

기사 전체의 요약 문단이 처음에 나오고 이를 설명한 다음 마지막에 중요한 내
용이 다시 나온다 .
開頭先重點摘要整篇報導，接著依序說明，最後再強調一次新聞重點。

기사의 특징

新聞報導特色

1. 독자들에게 전달할 만한 가치가 있는 새로운 정보나 많은 사람이 관심을 갖는 문제를
다룬다 . 提供讀者值得參考的新資訊、或是探討許多人關注的議題。

2. 객관적인 사실로 사건의 내용을 바탕으로 표현은 정확하고 서술은 간결하다 .
精準表達新聞事件中的客觀事實，並以簡潔有力的方式敘述。

3. ' 누가 , 언제 , 어디서 , 무엇을 , 어떻게 , 왜 ' 라는 6 하 원칙이 존재한다 .
具備 5W1H 原則（Who 何人、When 何時、Where 何地、What 何事、
Why 何故、How 如何）。

기사 읽기 접근 방법

新聞報導閱讀技巧

Step1. 제목을 읽고 중심 내용을 추측한다 .
瀏覽標題，推測新聞重點。

Step2. 첫 번째 문장과 단락을 읽으면서 중심 내용을
찾는다 . 閱讀開頭第一句話或第一段，找出新聞的核心內容。

Step3. 내용을 뒷받침하는 사실이나 사건을 찾는다 .
找出支持該新聞事實或事件的相關依據。

Step4. 사실이나 사건에 대한 설명을 찾는다 .
找出與新聞事實或事件有關的說明。

Step5. 사실이나 사건에 대한 기타 부분을 참고한다 .
參考其他與新聞事實或事件有關的內容。

範例見下頁

< 예 > 範例

한국 직장인 취미생활의 이유는 ' 행복 ' 과 ' 스트레스 해소 '

→ Step1. 瀏覽標題，推測新聞重點。由當中的單字推測內容。

한국인들은 지루한 일상을 어떻게 탈출할까 ? 지루함을 느끼는 한국인들 대부분은 취미생활로 이를 극복하고 있는 것으로 나타났다 .

→ Step2. 核心內容出現在第一段 :「한국인들 대부분은 취미생활로 지루한 일상을 극복하고 있다 (大部分的韓國人藉由從事休閒嗜好克服枯燥的日常)」。

2019 년 9 월 구인전문지 벼룩시장이 직장인 630 명을 대상으로 실시한 취미생활에 관한 설문조사에서 이러한 결과가 나왔다 .

설문조사 결과에 따르면 , 응답자의 94% 가 ' 일상이 지루하고 재미없게 느껴진 적이 있다 ' 고 답했다 .

그중 73% 가 ' 평소 즐겨하는 취미생활이 있다 ' 고 응답했다 . 이들은 취미생활을 하는 이유로 ' 일상의 즐거움 , 행복을 위해서 '(43.5%), ' 스트레스 해소를 위해서 '(33%) 를 꼽았다 .

→ Step3. 此處以「問卷調查的結果」作為支持核心內容的相關依據。

이는 취미 생활이 직장인들에게 일상의 만족도 및 스트레스 해소에 적지 않은 영향을 미치는 것으로 풀이된다 .

→ **Step4.** 說明並分析該現象。

' 나만의 시간을 갖기 위해서 '(9.5%), ' 새로운 것을 배우고 싶어서 '(6.3%), ' 대인 관계를 넓히기 위해서 '(1.9%) 가 그 뒤를 이었다 .

결혼 여부에 따라 취미생활의 이유도 다르게 나타났다 . 기혼자가 가장 많이 선택한 취미 생활의 이유로 ' 일상의 즐거움 , 행복을 위해서 '(51.1%) 라고 꼽았다 . 미혼자의 경우 ' 스트레스 해소를 위해서 '(40.9%) 가 취미생활의 이유로 꼽혔다 .

응답자의 과반수에 가까운 47.9% 가 혼자 취미생활을 즐기고 있는 것으로 답했 다 . 다음으로 ' 가족 '(22.5%), ' 친구 '(17.8%), ' 회사동료 '(4.4%), ' 연인 '(41.%) 등으로 나타났다 .

이러한 결과는 혼자 무엇인가를 하는 것에 대한 거부감이 많았던 과거 한국 사회의 분위기가 점점 개인의 만족 위주로 변하고 있는 것으로 해석된다 .

→ **Step5.** 提到其他與該現象有關的內容並補充說明。

目錄

Chapter **1** 閱讀入門 독해 입문

Chapter **2** 實力養成 실력 양성

Chapter **3** 進階挑戰 업그레이드

Chapter 4　台灣新聞 대만 뉴스

全書音檔線上聽（可自行下載）
請掃左方 QR code 進入網頁

閱 讀 入 門

難 度 1 到 2 顆 星 ， 熟 悉 新 聞 閱 讀 架 構 。

한국인의 라면 사랑? 1 년간 1 인당 73.7 개 먹어 세계 1 위

韓國人對泡麵的熱愛？平均每人一年吃掉 73.7 包，位居世界第一

' 라면 ' 은 한국인의 ' 소울푸드 ' 라고 불러도 손색이 없을 만큼 한국인의 사랑을 듬뿍 받고 있다 .

세계인스턴트라면 협회 (WINA) 에 따르면 한국인은 2018 년 1 인당 연간 73.7 개의 라면을 먹은 것으로 나타나 1 인당 라면 소비량이 가장 많은 국가에 올랐다 .

이는 1 인당 라면 소비량이 두 번째로 높은 베트남 53.9 개 , 네팔 53 개와 비교했을 때 압도적인 숫자다 .

이에 힘입어 한국에서 판매된 라면은 약 38 억 2 천만 개로 세계 8 위에 올랐다 . 전세계 라면 판매량은 1 천 36 억 개로 그중 38.9% 인 402 억 5 천만 개가 중국 (홍콩 포함) 에서 팔린 것으로 나타났다 .

한국 여론조사기관 한국갤럽이 2018 년 10 월 성인남녀 1001 명을 대상으로 실시한 설문조사에서 응답자의 47% 가 일주일에 한 번 이상 라면을 먹었다고 답했다 .

한국인이 라면을 즐겨 찾는 이유는 무엇일까 ? 라면은 한국인에게 비교적 저렴한 가격에 조리하기가 매우 간편하기 때문으로 분석된다 . 또한 한국인들이 즐겨 먹는 김치와도 찰떡궁합으로 알려져 있다 .

식품 전문가들은 라면이 건강에 좋지 않다는 의견과 함께 적당히 먹을 것을 권하고 있다 .

한국에서 라면의 등장은 1960 년대로 거슬러 올라간다 .

시간이 부족했던 당시 한국인들에게는 빠른 시간 내에 식사를 해결할 수 있는 음식이 필요했다 . 이때 등장한 것이 라면이다 .

어휘 詞彙

- 소울푸드 [Soul food] 靈魂食物
- 손색이 없다 [遜色] 毫不遜色、當之無愧
- 듬뿍 滿滿地
- 연간 [年間] 年度
- 소비량 [消費量]
- 베트남 [Vietnam] 越南
- 네팔 [Nepal] 尼泊爾
- 압도적 [壓倒的] 壓倒性的、絕對的
- 판매되다 [販賣] 販售、銷售
- 팔리다 賣出
- 여론조사기관 [輿論調查機關] 民調機構
- 성인남녀 [成人男女]
- 설문조사 [設問調查] 問卷調查
- 즐겨찾다 樂於尋求
- 비교적 [比較的] 相較之下
- 저렴하다 [低廉] 便宜的、廉價的
- 조리하다 [調理] 料理、烹調
- 간편하다 [簡便] 簡單方便的
- 찰떡궁합 [宮和] 天作之合、完美組合
- 적당히 [適當 -] 適當地、恰當地
- 권하다 [勸] 勸說、建議
- 등장 [登場] 出現、問世

문제 題目

1. 이 글의 중심 내용을 고르십시오 . 請選擇本文的重點。

① 한국인은 옛날부터 라면을 즐겨 먹었다 .

② 한국의 라면 시장은 상당히 크다 .

③ 한국인의 라면 소비량은 세계 최고 수준이다 .

④ 라면을 많이 먹는 한국인은 건강이 좋지 않다 .

2. 이 글의 내용과 같으면 O, 다르면 X 표시하십시오 .
   如果與本文相同，則標記為 O；如果不同，則標記為 X。

① 라면은 한국인들이 즐겨 먹는 음식이다 . [   ]

② 라면은 조리법도 간편하고 가격도 저렴하다 . [   ]

③ 1950 년대 한국에 라면이 나왔다 . [   ]

④ 라면은 빠른 시간 내에 식사를 해결 할 수 있는 음식이다 . [   ]

3. 다음 질문에 대해 생각해 봅시다 . 請思考下列問題，並試著寫出自己的想法。

> 라면을 맛있게 먹는 방법이 있습니까 ? 어떻게 하면 라면을 맛있게 먹을 수 있습니까 ?

範例：

　라면을 맛있게 먹는 방법은 사람마다 다르다 . 나는 라면을 먹을 때 꼭 김치를 챙긴다 . 김치가 없는 라면은 있을 수 없기 때문이다 . 또한 기분에 따라 스프를 덜 넣어 짜지 않게 먹기도 한다 . 라면을 끓일 때는 면이 완전히 익었을 때 불을 끄지 말고 약간 덜 익었을 때 불을 끄고 먹으면 쫄깃한 면을 맛볼 수 있다 .

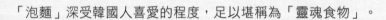

변역 中文翻譯

「泡麵」深受韓國人喜愛的程度，足以堪稱為「靈魂食物」。

根據世界泡麵協會 (WINA) 的調查顯示，2018 年韓國平均每人一年吃掉 73.7 包泡麵，為人均泡麵消費量最高的國家。

排名第二高的為越南 53.9 包、尼泊爾 53 包，韓國人均泡麵消費量與兩國相比具有壓倒性的數量優勢。

得益與此，韓國泡麵的銷量約為 38 億 2 千萬包，位居世界第八。全世界的泡麵銷量為 1 千 36 億包，當中有 38.9% 銷往中國（含香港），數量為 402 億 5 千萬包。

韓國民調機構韓國蓋洛普（Gallup），於 2018 年 10 月對成人男女 1001 人實施問卷調查，受訪者中有 47% 的人回答每週至少吃一次泡麵。

為什麼韓國人愛買泡麵？據分析，是因為韓國人認為泡麵價格相對便宜，料理起來簡單又方便。搭配韓國人愛吃的泡菜，更被視為完美組合。

食品專家則表示泡麵有害健康，建議酌量食用。

韓國泡麵的問世可追溯至 1960 年代。

當時，對於時間不夠用的韓國人來說，需要能快速解決一餐的食物，於是泡麵就此誕生。

정답 및 해설 答案與詳解

正確答案：**1.** ③ **2.** O, O, X, O

詳解：

1. 題目中寫道：「1 년간 세계 1 위（這一年位居世界第一）」，同時第二段又提到：「1 인당 라면 소비량이 가장 많은 국가（人均泡麵消費量最高的國家）」。

2.
① 文中提到「泡麵消費量最高」，同時在問卷調查中，有 47% 的人回答「每週至少吃一次泡麵」。

② 第六段提到：「라면은 한국인에게 비교적 저렴한 가격에 조리하기가 매우 간편하기 때문으로（因為韓國人認為泡麵價格相對便宜，料理起來簡單又方便。）」。

③ 應將 1950 年代改成 1960 年代。

④ 請參考內文最後一段。

한국 직장인들 , 승진보다 ' 워라밸 ' 중요
韓國上班族，比起升遷更重視「工作與生活的平衡」

직장인 10 명 중 3 명만 회사 임원을 준비하고 있다는 설문 조사 결과가 나왔다 .

구직 전문 사이트 잡코리아가 대한민국 남녀직장인 1084 명을대상으로 실시한 설문조사에서 회사의 경영진이라고 할 수 있는 임원이 되기 위해 준비하고 있다고 답한 직장인은 34.7% 에 불과했다 .

3 년 전 실시된 같은 설문에서는 직장인 1009 명 중 41.1% 가 임원을 준비한다고 답했다 .

임원을 준비하고 있는 남성은 39.7% 로 여성보다 11.8% 높았다 .

기업 형태별로는 대기업에 다니는 직장인 44.3% 가 임원을 준비한다고 답했다 . 그뒤로 외국계기업 (38.1%), 공기업 및 공공기관 (34.4%), 중소기업 (30.6%) 순으로 나타났다 .

이러한 현상은 ' 워라밸 ' 을 즐기면서 회사생활을 하려는 직장인들이 늘고 있는 것으로 해석된다 . 워라밸은 워크 (work), 라이프 (life), 밸런스 (balance) 의 한국식 합성어로 " 일과 생활의 균형 " 을 뜻한다 .

잡코리아가 앞서 실시한 다른 설문조사에서도 비슷한 결과가 나왔다 . 밀레니얼 세대를 대상으로 ' 좋은 직장의 조건 ' 에 대해 실시된 이 조사에서는 절반 이상인 51.5% 가 승진에 욕심이 없다고 답했다 . 밀레니얼 세대는 1980 년대부터 2000 년대 초반까지 출생한 세대를 말한다 .

이들은 남들과 비슷하게 승진하면 된다고 답했다 . 빨리 승진하고 싶다는 응답자는 31.6% 에 불과했다 .

이 설문에서 ' 워라밸 보장 '(49.9%) 이 좋은 직장의 조건 1 위로 꼽혔다 .

어휘 詞彙

- 승진 [昇進] 升遷、晉升
- 워라밸 [Work & Life Balance] 工作與生活平衡
- 임원 [任員] 管理職、高層
- 구직 [求職] 找工作
- 경영진 [經營陣] 管理階層、經營團隊
- 형태 [形態] 型態
- 대기업 [大企業] 大企業
- 외국계기업 [外國系企業] 外商公司

- 공기업 [公企業] 國營企業
- 공공기관 [公共機關] 公家機關
- 중소기업 [中小企業]
- 합성어 [合成語] 複合詞
- 균형 [均衡] 平衡
- 조건 [條件] 條件
- 욕심 [欲心] 欲望、貪欲
- 보장 [保障] 保證

문제 題目

1. 이 글의 중심 내용을 고르십시오 . 請選擇本文的重點。

① 사람들은 직장에서 스트레스를 많이 받기 때문에 승진을 원하지 않는다 .

② 요즘 직장인들에게 워라밸은 반드시 필요한 조건이다 .

③ 젊은 직장인들은 승진보다 워라밸을 중시하는 경향이 있다 .

④ 직장인들은 워라밸 때문에 일에 욕심이 전혀 없다 .

2. 이 글의 내용과 같으면 O, 다르면 X 표시하십시오 .
如果與本文相同，則標記為 O；如果不同，則標記為 X。

① 한국 직장인들은 모두 임원이 되고 싶어한다 . [   ]

② 한국 직장인들은 일상의 행복을 가장 중요하게 여긴다 . [   ]

③ 밀레니얼 세대는 1980 년대부터 2000 년대 초반까지 태어난 세대를 의미한다 . [   ]

④ 한국 회사들은 직원들에게 반드시 워라밸을 보장해줘야 한다 . [   ]

3. 다음 질문에 대해 생각해 봅시다 . 請思考下列問題，並試著寫出自己的想法。

> 여러분은 어떤 직장에 다니고 싶습니까 ?

範例：

　나는 워라밸이 보장된 곳에서 일하고 싶다 . 일상 생활과 일이 함께 균형을 이루어야 일도 더 잘할 수 있다고 생각하기 때문이다 . 물론 , 야근을 하겠다는 말은 아니다 . 과도한 업무는 다음날 영향을 줄 수 있기에 충분한 휴식이 필요하다 . 그리고 , 직장에서 직원들의 사생활을 지켜주면 좋겠다 . 직원에게 관심을 보여주는 것도 좋지만 지나친 관심은 사생활 침해로 느껴질 수 있기 때문에 일과 사생활을 보호해 주면 좋겠다 .

번역 中文翻譯

問卷調查結果顯示，每 10 名上班族中，只有 3 名正在為晉升公司管理職作準備。

求職網站 Job Korea 針對韓國上班族男女 1084 人實施問卷調查，當中只有 34.7% 的上班族表示正在為晉升公司管理階層之列作準備。

於三年前實施的同一份問卷調查結果顯示，1009 名上班族中有 41.1% 的人表示在為晉升管理職務作準備。

正在準備晉升管理職的男性有 39.7%，比女性高出 11.8%。

按企業型態區分，任職於大企業的上班族有 44.3% 的人表示在為晉升管理職作準備，其次依序為外商企業（38.1%）、國營企業及公家機關（34.4%）、中小企業（30.6%）。

這種現象可以解釋成在享受「工作與生活平衡」的同時，又想兼顧職場生活的上班族逐漸增加。「Work and Life Balance」是由工作（work）、生活（life）、

平衡（balance）組合而成的韓式複合詞，意為「工作與生活的平衡」。

Job Korea 於先前實施的另一份問卷調查也得出類似的結論。以「好的工作條件」為題，針對千禧年世代實施調查，結果有一半以上的人（51.5%）表示無升遷欲望。千禧年世代指的是 1980 年 2000 年初期出生的世代。

這些人表示，只要和其他人一樣，在差不多的時間升遷即可；欲快速升遷的受訪者只有 31.6%。

該份問卷調查中，「保障工作與生活的平衡（49.9%）」被選為好的工作條件第一名。

정답 및 해설 答案與詳解

正確答案：**1.** ③　**2.** X, X, O, X

詳解：
1. 文中提到，問卷調查顯示每 10 名上班族中，只有 3 名正在為晉升公司管理職作準備。據分析，上班族在享受工作與生活平衡的同時，又想兼顧職場生活。

2.

① 僅有 34.7% 的上班族表示正在為晉升公司管理階層之列作準備，並非所有人都想晉升。

② 文中僅提到目前的趨勢為重視工作與生活的平衡，並未提到最重視日常的幸福。

③ 請參考內文第七段最後一行。

④ 文中僅提到「保障工作與生活的平衡」獲選為好的工作條件第一名，並未提及公司一定會給予保障。

11 월 22 일은 김치의날
11 月 22 日「泡菜日」

2020 년부터 김치의 날이 시행된다 . 정부는 김치의 가치와 우수성을 알리기 위해 ' 김치의 날 ' 을 제정했다 .

김치의 날은 11 월 22 일이다 . 11 월의 11 은 ' 하나하나 ' 의 뜻으로 김치에 들어가는 무 , 배추 등의 재료 하나하나가 모인다는 뜻이며 , 22 일의 22 는 김치가 가지고 있는 22 가지의 효능을 상징한다 .

정부는 매년 11 월 22 일에 김치 담그기 문화행사 , 김치 페스티벌 , 요리경연대회 등의 행사를 추진한다 .

정부 관계자는 " 김치의 날을 기념해 김치 종주국으로서 위상을 재정립하고자 한다 " 고 밝혔다 .

앞서 김치의 날 제정 법률안이 2019 년 11 월 27 일 국회의 법안 심의를 통과한 바 있다 .

김치는 한국인의 식사에서 빠질 수 없는 음식이며 , 국제적으로도 그 우수성을 인정받아 한국을 대표하는 음식 중의 하나로 자리매김했다 .

2016 년 한국 국민의 1 인당 김치 소비량은 36.1kg 으로 나타났다 . 그 중 직접 만든 김치의 소비량은 22.7kg, 구입해서 먹은 김치는 13.4kg 이었다 .

2017 년 ' 김치 담그기 ' 는 한국의 국가무형문화재 제 133 호로 지정됐으며 , 2013 년 한국의 김장문화는 유네스코 인류무형문화유산으로 등재된 바 있다 .

어휘 詞彙

- 시행되다 [施行] 實施
- 가치 [價值]
- 우수성 [優秀性] 優越性
- 제정하다 [制定]
- 기념하다 [紀念]
- 무 蘿蔔
- 배추 [白菜]
- 종주국 [宗主國] 發源國
- 위상 [位相] 地位
- 재정립하다 [再定立] 重新確立
- 법률안 [法律案] 法案
- 국회 [國會]
- 심의 [審議] 審查
- 통과하다 [通過]
- 빠지다 缺少、掉落

- 국제적 [國際的] 國際性、國際上
- 우수성 [優秀性] 優秀之處
- 인정받다 [認定] 被認可
- 자리매김하다 定位
- 소비량 [消費量]
- 구입하다 [購入] 購買
- 김치담그기 醃製泡菜
- 무형문화재 [無形文化財] 非物質文化遺產
- 지정되다 [指定] 被指定
- 김장문화 醃製泡菜文化
- 유네스코 [UNESCO] 聯合國教科文組織
- 인류무형문화유산 [人類無形文化遺產] 人類 非物質文化遺產
- 등재되다 [登載] 刊登、收錄

문제 題目

1. 이 글의 중심 내용을 고르십시오 . 請選擇本文的重點。

① 김치는 한국의 대표 음식이다 .

② 한국 정부는 김치의 날을 제정했다 .

③ 김치의 날은 김치를 먹는 날이다 .

④ 김치는 건강에 좋다 .

2. 이 글의 내용과 같으면 O, 다르면 X 표시하십시오.

　 如果與本文相同，則標記為 O；如果不同，則標記為 X。

① 김치의 날에는 김치 관련 다양한 행사가 열린다. (　　)

② 한국인의 김치 소비량은 해마다 증가하고 있다. (　　)

③ 정부는 김치의 가치와 우수성을 알리고자 김치의 날을 제정했다. (　　)

④ 한국인들은 김치를 주로 사 먹는다. (　　)

3. 다음 질문에 대해 생각해 봅시다. 請思考下列問題，並試著寫出自己的想法。

> 김치를 좋아합니까? 싫어합니까? 그 이유도 말해 보세요.

範例：

　나는 김치를 좋아한다. 고기나 튀긴 음식을 먹을 때 김치를 먹으면 정말 맛있다. 하지만 김치는 맵고 짜기 때문에 적당히 먹으려고 노력한다. 김치를 적당히 먹으면 암과 같은 질병도 예방할 수 있는 항암 음식으로 알려져 있다.

　나는 김치를 싫어한다. 맵고 짠 음식을 싫어하기 때문이다. 특히 짠 음식에는 나트륨이 많이 들어가 있어 비만이나 고혈압을 유발할 수 있다. 그렇기 때문에 김치를 먹지 않으려고 노력한다.

泡菜日自 2020 年起實施。政府為宣揚泡菜的價值與優越性，制定了「泡菜日」。

泡菜日定於 11 月 22 日，11 月的 11 意為「——」，指的是在泡菜中——加入蘿蔔、白菜等材料；22 日的 22 則象徵泡菜具有 22 種功效。

政府於每年 11 月 22 日推廣醃製泡菜文化活動、泡菜文化節、料理競賽等活動。

政府相關人士表示：「欲藉由紀念泡菜日，重新奠定泡菜發源國的地位。」

先前於 2019 年 11 月 27 日經國會審議通過泡菜日制定法案。

泡菜為韓國人餐桌上不可缺少的食物，其優越性亦在國際上獲得認可，被定位為韓國代表性食物之一。

2016 年韓國國民對泡菜的人均消費量為 36.1 公斤，當中親手製作的泡菜消費量為 22.7 公斤，直接買來吃的泡菜量為 13.4 公斤

2017 年「醃製泡菜」被指定為韓國國家非物質文化遺產第 133 號，2013 年韓國的醃製泡菜文化被聯合國教科文組織列入人類非物質文化遺產。

정답 및 해설 答案與詳解

正確答案：**1.** ②　**2.** O, X, O, X

詳解：
1. 本文主旨出現在第一段。

2.
① 第三段中提到多項活動。

② 文中僅提到 2016 年的消費量，無法得知是否逐年增加。

③ 請參考內文第一段。

④ 第七段中提到親手製作的泡菜數量多於直接買來吃的數量。

취업 시장의 새 트렌드 ? 취업면접도 AI 가 본다

就業市場新趨勢 ? 面試也交由 AI

4 차 산업의 대표적인 기술의 하나로 꼽히는 인공지능 (AI) 이 취업 시장에 등장해 많은 기업들이 실시하고 있다 . AI 가 취업 면접을 보는 시대가 온 것이다 .

2019 년 하반기에는 KT, 국민은행 등 주요 기업 150 여 곳이 AI 면접을 도입했다 .

AI 가 면접 합격 여부를 결정짓지는 않는다 . 국민은행의 경우 AI 면접 결과는 2 차 임원 면접에 참고자료가 된다 .

AI 면접은 지원자가 희망하는 시간과 장소에서 컴퓨터를 이용해 면접을 치른다 . AI 는 지원자의 표정과 사용하는 어휘 등을 토대로 직무능력 , 인성 등을 평가한다 .

AI 면접은 객관성이 보장된다는 장점이 있다 . 기존 방식처럼 사람이 면접을 보게 될 경우 지원자에 대한 선입견이나 감정이 개입되지만 AI 는 이러한 인간의 감정을 배제하고 지원자들을 평가할 수 있다 .

온라인에서는 구직자들이 'AI 면접을 잘 보는 방법 ' 에 대해 궁금해한다 .

구직자 사이에서는 'AI 면접 잘 보는 법 ' 이 온라인상에서 떠돌고 있다 .

AI 면접 시스템을 개발한 마이다스아이티는 "AI 면접은 지원자의 신뢰도와 호감도를 확인하기 때문에 어두운 표정보다는 밝은 표정이 낫다 " 며 " 정장이나 캐주얼 등 복장도 면접 결과에 영향이 없다 " 고 밝혔다 .

업체는 지원자의 호감도와 자신감을 강조했다 . 업체는 " 지원자의 얼굴과 안구 움직임 , 감정 표현 , 목소리 톤 , 발음 등을 통해 호감도를 확인하며 자신감 있는 목소리로 답하는 게 좋다 " 고 강조했다 .

어휘 詞彙

- 꼽히다 被選為、被評為
- 인공지능 [人工智能] 人工智慧
- 면접을 치르다 [面接] 進行面試
- 어휘 [語彙] 詞彙
- 토대 [土臺] 基礎
- 직무능력 [職務能力] 業務技能
- 객관성 [客觀性]
- 보장되다 [保障] 受到保障
- 기존 [既存] 現有、現存
- 선입견 [先入見] 成見、預設立場
- 개입되다 [介入] 被插手、干預
- 배제하다 [排除]
- 도입하다 [導入] 引進、採用
- 합격 [合格] 通過
- 여부 [與否]
- 결정짓다 [決定 -] 作決定
- 구직자 [求職者]
- 떠돌다 流傳、散播
- 신뢰도 [信賴度]
- 호감도 [好感度]
- 캐주얼 [casual] 便服、休閒服
- 복장 [服裝]
- 안구 [眼球]
- 목소리톤 [-tone] 聲調

문제 題目

1. 이 글의 중심 내용을 고르십시오 . 請選擇本文的重點。

① 많은 구직자들이 AI 면접을 선호하고 있다 .

② AI 면접에서 평가 기준은 자신감과 호감도이다 .

③ AI 면접을 실시하는 회사가 늘고 있다 .

④ AI 면접은 사람이 직접 보는 면접보다 공평하다 .

2. 이 글의 내용과 같으면 O, 다르면 X 표시하십시오 .
   如果與本文相同，則標記為 O；如果不同，則標記為 X。

① AI 면접은 구직자가 선택할 수 있다 . (   )

② AI 면접 방법은 누구나 알고 있다 . (   )

③ AI 면접은 지원자에 대한 선입견이나 감정이 배제된다 . [   ]

④ AI 면접을 볼 때 반드시 정장을 입어야 한다 . [   ]

3. 다음 질문에 대해 생각해 봅시다 . 請思考下列問題，並試著寫出自己的想法。

> AI 면접 시험에 대해 어떻게 생각하세요 ?

範例：

　취업을 준비하는 사람이 AI 면접을 보면 편할 것 같다 . 컴퓨터만 있으면 원하는 시간과 장소에서 직접 면접 시험을 편안하게 볼 수 있기 때문이다 . 구직자는 보통 면접 시험을 보기 위해 옷차림 등 외모에 신경을 쓴다 . 면접 시험에서 중요한 것은 면접관에게 자신을 보여주는 것인데 , 외모에만 신경 쓰다 보면 업무에 필요한 자기 자신의 능력을 보여 줄 수 없다 .

　하지만 AI 면접은 기존 면접과 다르기 때문에 구직자들에게 스트레스로 다가올 것 같다 . 또한 회사에 필요한 인재를 어떻게 판단할 수 있는지 그 기준도 모호한 것 같다 .

번역 中文翻譯

人工智慧（AI）被選為第四產業的代表性技術之一，於就業市場亮相。這表示由 AI 負責面試的時代已經來臨。

AI 面試指的是應徵者於希望的時間和地點，用電腦進行面試。AI 會以應徵者的表情和措辭為基礎，針對業務技能、品性等項目評分。

AI 面試的優點為保障面試的客觀性。傳統的面試方式可能會對應徵者帶有先入為主的偏見或情緒，而 AI 得以排除這種人類情感，為應徵者評分。

2019 年下半年，KT、國民銀行等主要企業在 150 餘處導入 AI 面試。

面試的錄取與否並非全權交由 AI 決定。以國民銀行為例，AI 面試的結果僅作為第二階段主管面試的參考資料。

求職者們在網路上表示想要知道「AI 面試成功法」。

網路上則流傳著求職者間的「AI 面試成功法」。

開發出 AI 面試系統的 MIDAS IT 公司表示：「AI 面試官會確認應徵者的信賴度與好感度，因此比起露出陰沈的表情，開朗的表情尤佳。」還有「穿著正裝或便服並不會影響面試結果。」

企業注重的是應徵者的好感度與自信感。企業強調：「會藉由應徵者的臉部表情和眼球的移動方式、情感表達、聲調、發音等來確認好感度，建議用充滿自信的聲音回答問題。」

정답 및 해설 答案與詳解

正確答案：**1.** ③　**2.** X, X, O, X

詳解：
1. 本文主旨出現在第一段；文中並未提到求職者偏好 AI 面試。

2.
① 文中並未提及。

② 第六段中提到求職者表示想了解 AI 面試。

③ 請參考內文第五段，當中提到 AI 評分時會排除人類情感。

④ 第八段中提到穿著正裝與否並不會影響面試結果。

한국 여권 파워 세계 3 위
韓國護照好用度位居世界第三

한국 여권의 파워가 세계 3 위로 나타났다 .

헨리 여권 지수 (Henley Passport Index) 가 발표한 2021 년 세계 여권 파워 순위에 따르면 한국이 독일과 함께 3 위에 올랐다 .

이 지수는 해당 여권의 소지자가 무비자 또는 도착 비자로 입국할 수 있는 목적지의 수를 가지고 순위를 나타낸 것이다 .

한국 여권을 소지한 사람은 189 개국을 방문할 수 있다 .

1 위와 2 위는 각각 일본과 싱가포르가 차지했다 . 일본은 191 개국 , 싱가포르는 190 개국으로 나타났다 .

북한은 39 개국으로 수단과 함께 공동 100 위에 올랐다 .

최악의 여권은 107 위를 차지한 아프가니스탄이었다 . 이 여권으로 자유롭게 방문할 수 있는 국가는 26 개국에 불과했다 .

아울러 , 대만은 146 개국으로 32 위에 올랐지만 중국은 71 개국으로 인도네시아 , 케냐와 함께 72 위에 올랐다 .

어휘 詞彙

- 파워 [power] 力量、勢力
- 지수 [指數]
- 해당 [該當] 相應、相符
- 소지자 [所持者] 持有人
- 무비자 [無 visa] 免簽證
- 차지하다 占有、占據

- 수단 [蘇丹]
- 최악 [最惡] 最壞、最不好
- 아프가니스탄 [Afghanistan] 阿富汗
- 불과하다 [不過] 只是
- 인도네시아 [Indonesia] 印尼
- 케냐 [Kenya] 肯亞

문제 題目

1. 이 글의 중심 내용을 고르십시오 . 請選擇本文的重點。

① 여권 지수는 국력을 의미한다 .

② 한국의 여권 파워는 세계적으로 강한 편이다 .

③ 일본 여권이 세계에서 가장 영향력이 있다 .

④ 한국 여권이 북한 여권보다 좋다 .

2. 이 글의 내용과 같으면 O, 다르면 X 표시하십시오 .
   如果與本文相同，則標記為 O；如果不同，則標記為 X。

① 북한 여권 소지자는 아프가니스탄 여권 소지자보다 더 많은 곳을 자유롭게 여행할 수 있다 . ( )

② 싱가포르가 일본보다 더 높게 나타났다 . ( )

③ 한국 여권을 소지하면 북한 방문도 가능하다 . ( )

④ 대만 여권이 중국 여권보다 강하다 . ( )

3. 다음 질문에 대해 생각해 봅시다 . 請思考下列問題，並試著寫出自己的想法。

해외 여행을 하다가 여권을 잃어버렸을 때 어떻게 하는 것이 좋을까요 ?

範例：

해외 여행을 하다가 여권을 분실하면 가장 먼저 해야 할 일은 가까운 경찰서에 가는 것이다 . 가장 빠른 시간 내에 가장 가까운 경찰서에 가서 여권을 분실했다고 신고해야 한다 . 여권은 해외에서 내가 누구인지를 증명하는 신분증이기 때문에 여권을 잃어버리게 되면 나를 증명할 방법이 없을 뿐만 아니라 집으로 돌아갈 방법도 없기 때문이다 . 그 다음으로 대사관을 찾아가서 여권 분실 신고를 하고 경찰서에서 받은 분실 증명서를 보여주고 안내에 따라서 재발급 신청을 한다 .

번역 中文翻譯

韓國護照的好用度排名世界第三。

根據亨利護照指數（Henley Passport Index）公布的 2021 年全球護照好用度排名，韓國與德國並列第三。

該指數是根據護照持有人所享有的免簽國和使用落地簽方式入境的地區數量進行排名。

持有韓國護照者，可以造訪 189 個國家。

第一名和第二名分別是日本和新加坡。日本可通行 191 國、新加坡則為 190 國。

北韓為 39 國，與蘇丹共同並列第 100 名。

最弱護照為排名 107 名的阿富汗，持該國護照者僅能自由進入 26 個國家。

同時，台灣的免簽數量為 146 國，上升至 32 名；中國則為 71 國，與印尼、肯亞同為第 72 名。

정답 및 해설 答案與詳解

正確答案：**1.** ② **2.** O, X, X, O

詳解：
1. 護照指數指的是護照持有人享有的免簽國數量、或使用落地簽方式入境的地區數量。

2.
① 北韓排名為 100、阿富汗排名為 107，表示使用北韓護照能進入更多國家。

② 日本的排名高於新加坡。

③ 文中並未提及。

④ 請參考內文最後一段。

2018 년 ' 알코올 사용장애 ' 7 만 5 천여 명…
최근 5 년간 연평균 1% 감소

2018 年「酒精中毒」患者達 7 萬 5 千多人…
近五年每年平均減少 1%

2018 년 ' 알코올 사용장애 ' 로 의료기관을 찾은 환자가 7 만 5 천명에 근접한다고 국민건강보험공단이 9 일 밝혔다 .

알코올 사용장애는 과도한 음주로 인해 정신적 , 신체적 , 사회적 기능에 장애가 오는 것을 뜻한다 .

알코올 사용장애로 요양기관을 방문한 환자는 지난 2018 년 7 만 4702 명으로 나타났다 .

5 년 전인 2014 년 (7 만 7869 명) 보다 소폭 감소했다 .

국민건강보험공단은 ' 알코올 사용장애 ' 환자의 진료 인원이 2014 부터 2018 년까지 5 년간 연평균 1% 감소세라고 밝혔다 .

성별에 따른 환자수를 살펴보면 , 남성은 5 만 7692 명 , 여성은 1 만 7010 명으로 나타났다 . 남성이 여성의 3.4 배에 달한다 .

이덕종 국민건강보험 정신건강의학과 교수는 " 남성의 알코올 사용장애가 여성보다 많은 것은 대부분 인종 및 사회에서 공통으로 나타나는 현상으로 생물학적 요인이 영향을 미친 것으로 추측된다 " 며 남성이 음주 등 사회적 활동을 하는 경우가 더 많다는 환경 적 요인과 임신과 양육 과정 등에서 여성이 금주하게 되는 상황 등도 영향을 미쳤을 것 " 이라고 말했다 .

어휘 詞彙

- 알코올 [alcohol] 酒精
- 장애 [障礙]
- 의료기관 [醫療機關] 醫療機構
- 근접하다 [近接] 接近、靠近
- 정신적 [精神的] 精神上的
- 신체적 [身體的]
- 사회적 [社會的]
- 요양기관 [療養機關] 療養機構
- 소폭 [小幅]

- 감소세 [減少勢] 減少、下降趨勢
- 생물학적 [生物學的]
- 요인 [要因] 主要因素
- 음주 [飲酒]
- 환경적 [環境的]
- 임신 [妊娠] 懷孕
- 양육 [養育] 撫養
- 금주 [禁酒] 禁止飲酒、戒酒

문제 題目

1. 이 글의 중심 내용을 고르십시오 . 請選擇本文的重點。

① 2018 년 알코올 사용장애 환자는 7 만 5 천여 명으로 최근 5 년간 연평균 1% 씩 줄어들었다 .

② 한국에서 알코올 사용장애 환자는 7 만 5 천여 명으로 최근 5 년 간 매년 1% 씩 늘어났다 .

③ 한국인들은 술을 아주 좋아하기 때문에 알코올 사용장애 환자가 7 만 명이 넘었다 .

④ 알코올 사용장애 환자로 인해 많은 사람들이 힘들어 하며 사회적으로도 문제가 되고 있다 .

2. 이 글의 내용과 같으면 O, 다르면 X 표시하십시오 .
   如果與本文相同，則標記為 O；如果不同，則標記為 X。

① 알코올 사용 장애는 지나친 음주로 인한 장애라고 볼 수 있다 . [　]

② 알코올 사용 장애 환자 중에서 남자가 여자보다 훨씬 많다 . [　]

③ 알코올 사용 장애는 심각한 사회 문제로 인식된다 . [　]

④ 한국인은 술을 좋아하기 때문에 알코올 사용장애 환자수가 늘어날 것이다 . [　]

3. 다음 질문에 대해 생각해 봅시다 . 請思考下列問題，並試著寫出自己的想法。

술을 많이 마셔 봤습니까 ? 술을 많이 마시면 어떤 문제가 발생할까요 ?

範例：

　술을 지나치게 마시면 건강에 해롭다 . 숙면을 방해하고 몸의 수분을 빨리 배출시켜 탈수 증세가 생기기도 한다 . 술에 취하면 판단력 , 주의력 , 운동능력이 떨어져 사고를 유발하기도 한다 . 또한 이성적인 판단도 흐려져 폭행이나 살인 등을 저지를 수도 있다 . 또한 심하면 알코올에 중독되면 사람과의 소통이 불가능해져 사회활동을 할 수 없는 상황까지 온다 .

國民健康保險公團於 9 日公布，2018 年因「酒精中毒」而前往醫療機構的病患將近有 7 萬 5 千人。

酒精中毒，指的是飲酒過量導致精神、身體、社會功能出現障礙。

2018 年因酒精中毒而前往療養機構的病患有 7 萬 4702 人。

與五年前 2014 年（7 萬 7869 人）相比有小幅減少。

國民健康保險公團指出照顧「酒精中毒」患者的醫護人員數量，自 2014 年至 2018 年為止，五年間每年平均減少 1%。

若將病患數量按性別區分，男性有 5 萬 7692 人；女性有 1 萬 7010 人，男性人數為女性的 3.4 倍。

國民健康保險心理健康醫學系教授李德鍾表示：「男性酒精中毒者的數量多於女性，是多數人種和社會中共同出現的現象。據推測，主要是受到生物學因素影響。」、「在環境因素方面，男性從事飲酒等社交活動的情況較為頻繁，加上女性在懷孕和養育過程中會選擇戒酒，亦產生一定的影響。」

정답 및 해설 答案與詳解

正確答案：**1.** ①　**2.** O, O, X, X

詳解：
1. 請參考內文第一段和第五段。

2.
① 第二段中提及酒精中毒的定義。

② 請參考內文第六段。

③ 文中並未提到酒精中毒被視為社會問題。

④ 文中並未提及。

결혼은 ' 필수 ' 아닌 ' 선택 '

結婚是「選擇」，而非「必要」

결혼은 각자의 인생을 살던 남녀가 ' 사랑 ' 을 매개로 새로운 보금자리를 만드는 첫걸음이다 . 날씨가 좋은 5 월이면 결혼식이 유난히 많아 ' 결혼의 계절 ' 이라고도 불리기도 한다 . 하지만 최근 결혼 시기를 늦추거나 아예 하지 않겠다고 말하는 젊은 세대들의 목소리가 언론들을 통해 소개되고 있다 .

30 대 후반의 미혼 청년들은 상대의 외모 , 가치관 , 재력 등을 하나씩 따지다 보니 결혼할 시기를 놓쳐버렸으며 , 결혼을 아예 생각하지 않는 ' 비혼족 ' 까지 등장했다 .

A 씨 (36, 여) 는 " 결혼 후 마음 고생하지 않으려면 결혼에 신중해야 한다는 부모님의 말씀이 있었다 " 며 " 이것저것 따지다 보니 여기까지 온 것 같다 " 고 말했다 .

B 씨 (37, 여) 는 " 그간 양에 차지 않아 많은 남자들을 찼는데 , 이제 와서 아무나 만날 수는 없다 " 며 " 정말 마음에 드는 사람이 있다면 굳이 결혼을 할 필요가 없다는 생각이 든다 " 고 말했다 . B 씨는 그러면서 " 이제는 솔로가 편하고 좋다 " 며 "1 인 가구의 삶이 익숙해져 결혼에 대한 간절함이 예전보다 사라졌다 " 고 덧붙였다 .

C 씨 (39, 남) 씨는 " 결혼하지 않고 혼자 사는 것도 나쁘지 않은 것 같다 " 며 " 누군가와 함께 맞춰서 산다는 건 힘든 것 같다 " 고 토로했다 . 그는 또 " 결혼한 친구들의 고충을 들어주다 보면 결혼하고 싶다는 마음이 싹 사라진다 " 고 덧붙였다 .

한 설문조사에서는 결혼에 대해 ' 선택 ' 이라고 답한 사람이 86.9% 에 달하는 것으로 조사된 바 있으며 여성 (92%) 이 남성 (74.3%) 보다 높게 나타났다 .

한 결혼정보 관계자는 " 결혼을 ' 선택 ' 으로 여기는 것은 일시적인 현상이 아니다 " 라며 " 새로운 라이프 스타일로 굳어질 가능성이 높다 " 고 분석했다 .

어휘 詞彙

- 각자 [各自]
- 꼽히다 被選為
- 연인 [戀人] 情侶
- 매개 [媒介] 橋樑
- 보금자리 巢穴、家園
- 첫걸음 第一步
- 유난히 特別、格外地
- 불리다 被叫
- 늦추다 推遲、放慢
- 아예 乾脆、根本
- 후반 [後半] 後段
- 미혼 [未婚]
- 따지다 考慮、計算
- 놓쳐버리다 錯失、喪失
- 비혼족 [非婚族] 不婚族

- 등장하다 [登場] 出現
- 신중하다 [慎重] 小心謹慎
- 차다 填滿；甩
- 굳이 堅決、執意
- 솔로 [solo] 單身
- 가구 [家口] 家、戶
- 간절함 [懇切] 迫切
- 사라지다 消失
- 덧붙이다 附加、補充
- 토로하다 [吐露]
- 고충 [苦衷] 難處
- 싹사라지다 完全消失
- 일시적 [一時的] 暫時的
- 라이프스타일 [life style] 生活方式
- 굳어지다 變堅固

문제 題目

1. 이 글의 중심 내용을 고르십시오 . 請選擇本文的重點。

① 젊은 세대들은 결혼을 안 하거나 늦게 하려는 경향이 있다 .

② 모든 한국 젊은이들은 결혼을 하고 싶어하지 않는다 .

③ 결혼시기를 놓치면 결혼하지 않아도 된다 .

④ 한국 사람들은 주로 5 월에 결혼한다 .

2. 이 글의 내용과 같으면 O, 다르면 X 표시하십시오.

　如果與本文相同，則標記為 O；如果不同，則標記為 X。

① 5 월에는 날씨가 좋아서 결혼식이 많다. (　)

② A 씨는 부모님의 조언을 들었다. (　)

③ B 씨는 혼자 사는 것이 나쁘지 않다고 생각한다. (　)

④ C 씨는 결혼에 대해 회의적이다. (　)

3. 다음 질문에 대해 생각해 봅시다. 請思考下列問題，並試著寫出自己的想法。

> 주변에 결혼을 하고 싶어하지 않는 사람이 있습니까 ? 왜 결혼을 안 할까요 ?

範例：

　　내 지인들 중 대부분은 결혼했다. 결혼을 원하지 않는 친구가 조금 있는데 , 이들은 경제적인 부담 때문에 할 수 없다고 말한다. 결혼을 하면 가정을 꾸린다. 아이도 낳고 키워야 하고 교육도 시켜야 한다. 집도 필요하고 차도 필요하다. 결혼을 원하지 않는 친구들은 " 결혼은 모두 돈 " 이라고 생각한다. 그 중에 한 친구는 " 혼자 사는 것이 편하다 " 며 열심히 자기 꿈과 목표를 향해 노력하고 있다. 이 친구를 보면 나 역시도 결혼은 당사자가 원하지 않는다면 반드시 할 필요는 없다는 생각이 든다.

結婚是指原本過著各自生活的男女，以「愛情」作為橋樑，建立新家園所踏出的第一步。有特別多的人選擇在氣候宜人的五月舉辦婚禮，因此五月又被稱作「結婚季」。然而，最近媒體紛紛報導年輕世代表態要將婚期延後、或者乾脆不結婚。

三十歲後段的未婚青年，逐一衡量對方的外表、價值觀、財力等，導致錯失結婚的時機，甚至還出現完全不考慮結婚的「不婚族」。

36 歲的 A 小姐表示：「父母曾叮嚀我結婚一定要慎重，免得婚後內心備受煎熬。」、「在多方考量之下，不知不覺就到了這個年紀。」

37 歲的 B 小姐表示：「我跟很多男人交往過，但都無法獲得滿足，事到如今我沒辦法再跟任何人交往。」、「我想如果真的能碰到喜歡的對象，也沒有非結婚不可的必要。」同時 B 小姐補充說道：「現在的我覺得單身更為自在。」、「習慣一個人生活後，跟從前相比，迫切想結婚的感覺消失了。」

39 歲的 C 先生吐露：「不結婚，一個人生活好像也不錯」、「要去配合某個人的生活，感覺很累」。另外又補充說道：「聽到已婚的朋友訴苦，想結婚的念頭就完全消失了。」

在某份問卷調查中，回答結婚是種「選擇」的人有 86.9%，女性所佔的比例（92%）高於男性（74.3%）。

婚友社的相關人士分析：「視結婚為一種『選擇』並非暫時性現象，極有可能成為一種新的生活方式。」

정답 및 해설 答案與詳解

正確答案：**1.** ①　**2.** 0, 0, 0, 0

詳解：
1. 請參考內文第一段。

2.
① 請參考內文第一段。

② 請參考內文第三段。

③ 請參考內文第四段。

④ 請參考內文第五段。

한국인에게 인기 만점 ' 치맥 '
…대구 치맥축제 , 문화관광축제로 선정

韓國人氣爆棚的「雞啤」
…大邱雞啤節入選文化觀光節

" 오늘 치맥이나 하러 갈까요 ?"

한국인들이 즐겨 하는 말이다 . 치맥은 치킨과 맥주의 앞 글자를 사용해 만든 신조어다 . 이는 한국인들의 생활 속에 깊이 자리하고 있음을 의미한다 .

치맥은 대부분의 한국인이 좋아할 뿐만 아니라 어디를 가든지 파는 곳을 쉽게 찾을 수 있다 . 게다가 가격도 부담이 없다 . 그렇다 보니 치맥은 한국에서 국민 야식으로 자리 잡았다 .

치맥은 드라마에 자주 나온다 . 드라마 ' 별에서 온 그대 ' 에서 치맥은 여주인공 천송이의 어린 시절의 추억이고 아버지에 대한 그리움이 있는 매개로도 등장하기도 했다 .

이러한 치맥이 대구광역시에서는 축제로도 열리기 시작했다 . 2013 년 대구광역시에서 처음 열린 대구치맥페스티벌이 그것이다 .

대구치맥페스티벌은 7 년여 만에 성공한 축제로 평가를 받으면서 대구를 대표하는 축제로 성장했다 .

대구 치맥페스티벌은 문화체육관광부가 지정하는 2020-2021 년 문화관광축제에 선정됐으며 , 2년간 1 억 2 천만 원의 국비 지원 및 한국관광공사를 통한 국내외 홍보와 마케팅 지원을 받게 됐다 . 문체부는 1996 년부터 지역축제 중에서 우수한 축제를 문화관광축제로 지정하여 지원해오고 있다 .

대구시는 " 치맥축제가 더 이상 대구만의 지역축제가 아니라 대한민국을 대표하는 축제임을 평가받은 것 " 이라며 " 치맥축제가 앞으로 세계적인 축제로 성장하고 지역경제에도 도움이 되는 축제가 되도록 지원을 아끼지 않겠다 " 고 밝혔다 .

어휘 詞彙

- 치맥 雞啤
- 즐겨하다 樂於
- 신조어 [新造語] 新造詞
- 깊이 深深地
- 자리하다 占據位置
- 게다가 而且、加上
- 부담 [負擔]
- 야식 [夜食] 宵夜
- 자리잡다 定位、紮根
- 별에서 온 그대 韓劇《來自星星的你》
- 여주인공 [女主人公] 女主角
- 어린 시절 [- 時節] 小時候
- 그리움 想念、思念
- 매개 [媒介]
- 등장하다 [登場] 出現
- 축제 [祝祭] 慶祝活動
- 열리다 舉行、舉辦
- 대구광역시 [大邱廣域市]
- 평가 [評價] 評論
- 문화체육관광부 [文化體育觀光部] 文化體育觀光局
- 지정하다 [指定]
- 국비 [國費] 國家經費
- 홍보 [弘報] 宣傳、推廣
- 마케팅 [marketing] 行銷
- 우수하다 [優秀]
- 아끼다 節省

문제 題目

1. 이 글의 중심 내용을 고르십시오 . 請選擇本文的重點。

① 치맥은 드라마에 등장해서 사람들이 좋아한다 .

② 치맥은 한국인에게 보편적인 먹거리다 .

③ 인기 높은 치맥은 대구에서 해마다 축제로 개최되고 있으며 문화관광축제로 선정됐다 .

④ 대구 치맥축제는 앞으로 정부의 지원을 받게 된다 .

2. 이 글의 내용과 같으면 O, 다르면 X 표시하십시오 .

如果與本文相同，則標記為 O；如果不同，則標記為 X。

① 대구 치맥축제는 드라마로 더 유명해졌다 . [   ]

② 치맥은 한국인이 밤에만 즐겨 찾는 먹거리이다 . [   ]

③ 치맥은 한국 드라마에 자주 등장한다 . [   ]

④ 대구 치맥축제는 한국 정부의 지원이 없었으면 성공할 수 없었다 . [   ]

3. 다음 질문에 대해 생각해 봅시다 . 請思考下列問題，並試著寫出自己的想法。

> 여러분이 좋아하는 간식에 대해 이야기해 봅시다 .

範例：

　내가 즐겨 먹는 간식은 아몬드나 땅콩과 같은 견과류다 . 견과류는 입이 심심할 때 가볍게 먹을 수 있어 좋다 . 그리고 요즘은 작게 포장된 견과류가 판매되고 있어 가지고 다니면서 먹기에 참 좋다 . 견과류에는 혈관 건강에 이로운 불포화지방이 풍부하며 면역력을 강화시켜주는 것으로 잘 알려져 있다 . 뿐만 아니라 배변 활동에도 도움이 된다 .

번역 中文翻譯

「今天要不要一起去吃雞啤？」

韓國人經常把這句話掛在嘴邊。雞啤是取炸雞和啤酒的第一個字組合而成的新造詞（chi＋mac）。這意味著雞啤深植於韓國人的生活中。

大部分的韓國人都喜歡雞啤，不僅如此，無論走到哪都能輕鬆找到賣雞啤的地方，價格也很親民。因此讓雞啤奠定了國民宵夜的地位。

電視劇中經常出現雞啤。在電視劇《來自星星的你》當中，雞啤為女主角千頌伊的兒時回憶，同時也作為一種媒介，傳達她對父親的思念。

大邱廣域市甚至開始為雞啤舉行慶祝活動，該活動便是 2013 年首次於大邱廣域市舉行的大邱雞啤文化節。

大邱雞啤文化節開辦七年後，被評為成功的慶祝活動，同時發展成為大邱代表性慶祝活動。

大邱雞啤文化節入選為文化體育觀光局所指定的「2020 至 2021 年文化觀光節」之一。兩年間將取得國家補助經費 1 億 2 千萬韓圜，以及韓國觀光公社針對國內外觀光推廣與行銷的補助。文化體育觀光局自 1996 年起，將地方的優秀慶祝活動指定為文化觀光節並予以補助。

大邱市政府表示：「雞啤節不再只是大邱當地的慶祝活動，而是被評為代表韓國的慶祝活動。」、「為了讓雞啤節未來能發展成世界級的慶祝活動，同時有助於當地經濟，我們將會全力支援。」

정답 및 해설 答案與詳解

正確答案：**1.** ③　**2.** X, X, O, X

詳解：
1. 題目便點出主旨。前半段報導中針對雞啤的高人氣談及相關內容，後半段則談論大邱雞啤文化節。

2.
① 文中並未提及電視劇中曾出現大邱雞啤文化節。

② 雖然雞啤奠定了國民宵夜的地位，但文中並未提到只有晚上才能享用雞啤。

③ 請參考內文第三段。

④ 雖然大邱雞啤文化節有獲得政府支援，但文中並未提到是否因補助金才得以成功。

' 라떼파파 ' 를 아시나요 ? 한국 라떼파파 급증
你有聽過「拿鐵爸爸」嗎？韓國的拿鐵爸爸數量劇增

한국에서 ' 라떼파파 ' 가 주목 받고 있다 . 커피의 라떼와 아빠를 뜻하는 파파를 결합한 라떼파파는 한 손에는 커피를 들고 한 손에는 유모차를 끌며 거리를 활보하는 스웨덴 남자들을 일컫는다 .

스웨덴은 육아천국으로 알려져 있다 . 많은 사회학자들은 스웨덴의 높은 출산율의 이유로 라떼파파를 꼽는다 .

스웨덴은 OECD 국가중 출산율이 1.89 명으로 가장 높은 나라다 . 한국보다 무려 두 배 이상 높다 .

한국에서 라떼파파는 육아에 적극적으로 나서는 아빠라는 의미의 신조어가 됐다 .

이런 라떼파파가 한국에서 가파르게 증가하고 있는 것으로 보인다 . 육아휴직을 신청하는 남성의 비중이 부쩍 늘었기 때문이다 .

통계청이 발표한 통계에 따르면 2018 년 육아휴직을 사용한 사람은 9 만 9199 명으로 전년보다 10.1% 증가했으며 이중에서 여성은 8 만 1537 명 , 남성은 1 만 7662 명이었다 .

여전히 여성의 비중이 압도적으로 많지만 남성의 비중도 급격히 증가하는 양상을 보이고 있다 . 여성은 전년보다 4.4% 증가한 반면 남성은 46.7% 증가했다 .

앞으로 남성의 육아휴직은 계속 늘어날 것으로 전망된다 .

한국 정부는 2020 년 2 월 28 일부터 한 자녀를 대상으로 부모가 동시에 육아휴직을 할 수 있으며 이 기간 동안 육아휴직 급여도 받을 수 있는 법안을 시행했다 . 앞서 같은 자녀에 대해 배우자가 육아휴직을 하고 있는 근로자는 같은 기간에 육아휴직을 사용할 수 없었다 .

어휘 詞彙

- 급증 [急增] 劇增
- 라떼 [latte] 拿鐵
- 결합하다 [結合] 組合
- 유모차 [乳母車] 嬰兒車
- 끌다 拖、拉
- 활보하다 [闊步] 闊步行走
- 일컫다 稱作
- 육아 [育兒]
- 신조어 [新造語] 新造詞
- 가파르다 陡峭的
- 비중 [比重] 比例
- 부쩍 突然、一下子

- 휴직 [休職] 留職
- 여전히 [如前 -] 仍然、依舊
- 압도적 [壓倒的] 絕對的
- 양상 [樣相] 情況、狀態
- 전망되다 [展望] 預計
- 자녀 [子女]
- 대상 [對象]
- 급여 [給與] 薪水
- 법안 [法案]
- 시행하다 [施行] 實施
- 근로자 [勤勞者] 勞動者、勞工

문제 題目

1. 이 글의 중심 내용을 고르십시오 . 請選擇本文的重點。

① 스웨덴 남성들이 육아에 매우 적극적이다 .

② 육아휴직은 남성도 신청할 수 있다 .

③ 한국에서 육아에 적극적으로 나서려는 라떼파파들이 늘고 있다 .

④ 한국 정부는 육아 휴직을 적극 장려하고 있다 .

2. 이 글의 내용과 같으면 O, 다르면 X 표시하십시오 .
如果與本文相同，則標記為 O；如果不同，則標記為 X。

① 라떼파파는 프랑스에서 처음 생겼다 . [　]

② 출산율은 한국이 스웨덴보다 2 배 이상 높다 . [　]

③ 한국에서 육아휴직을 사용하는 남성이 상당히 증가했다 . ( )

④ 2020 년 3 월부터 한 자녀를 위해 부모가 동시에 육아휴직을 할 수 없다 . ( )

3. 다음 질문에 대해 생각해 봅시다 . 請思考下列問題，並試著寫出自己的想法。

> 아이를 키운다는 것은 엄청난 시간과 노력이 들어갑니다 . 좋은 부모가 되기 위해서는 어떻게 해야 할까요 ?

範例：

　아이를 키운다는 것은 쉬운 일이 아니라는 것은 누구나 잘 알고 있다 . 아이를 잘 키우기 위해서는 가장 먼저 경제력이 가장 중요할 것이다 . 아이를 키울 수 있을 정도의 경제력이 뒷받침 된다면 다음과 같은 사항들이 중요하다고 생각한다 . 첫째 , 아이의 말을 경청하는 것이다 . 부모가 일방적인 명령을 한다면 아이는 사랑 받지 못한다는 느낌을 받을 수도 있다 . 둘째 , 지나친 사랑을 하지 않는 것이다 . 아이를 사랑하는 것은 당연한 일이지만 적어도 아이가 잘못 했을 때는 과감하게 꾸짖어야 한다 . 셋째 , 독립심을 키워줘야 한다 . 아이가 어릴 때부터 혼자 무엇인가를 할 수 있다면 성인이 되어서도 스스로 생각하고 행동할 수 있게 되기 때문이다 .

　그밖에 부모는 아이의 적성과 흥미를 키워 줘야 하고 예절도 가르쳐 주면서 타인과 공감할 수 있는 능력도 길러 줘야 한다고 생각한다 .

瑞典為 OECD 國家中生育率最高的國家，生育率為 1.89 個孩子，足足高出韓國兩倍以上。

在韓國，拿鐵爸爸則變成新造詞，意味著積極參與育兒的爸爸。

由於男性申請育嬰假的比例突然增多，使得韓國的拿鐵爸爸呈現急遽增加的趨勢。

根據統計廳公布的統計結果，2018 年有 9 萬 9199 人使用育嬰假，比起前一年增加了 10.1%。當中女性有 8 萬 1537 人；男性則有 1 萬 7662 人。

雖然女性的比例仍佔壓倒性的多數，但是男性的比例亦呈現急遽增加的現象。

與前一年相比，女性比例增加了 4.4%，男性則增加了 46.7%。

預估未來請休育嬰假的男性將會持續增加。

韓國政府自 2020 年 2 月 28 日起實施法案，父母可同時為同一子女請休育嬰假，並於期間內領取育兒津貼。在此之前，勞工與其配偶則無法同時請休育嬰假。

정답 및 해설 答案與詳解

正確答案：**1.** ③　**2.** X, X, O, X

詳解：
1. 前半段文章中，先針對拿鐵爸爸做介紹，而後提出統計數據，表示韓國的拿鐵爸爸正逐漸增加。

2.
① 應將法國改成瑞典。

② 請參考內文第三段，應為瑞典高出韓國兩倍以上。

③ 請參考內文第七段。

④ 最後一段提及父母可同時為同一子女請休育嬰假。

교도소 가고 싶은 60 대 , 휘발유 들고 경찰서에

為入獄的 60 歲男性 , 手持汽油大鬧警局

광주광역시에서 한 60 대 남성 A 씨가 교도소에 보내 달라며 경찰서에서 소란을 피웠다고 한국 언론들이 보도했다 .

A 씨는 4 일 새벽 2 시 50 분경 만취한 채 광주시 북부경찰서에 찾아가 교도소에 보내달라고 떼를 썼다 .

경찰은 그를 집으로 돌려 보냈다 .

화가 난 그는 주유소에 가서 휘발유를 사 가지고 경찰서로 돌아갔다 .

그는 경찰 앞에서 휘발유를 몸에 뿌리고 분신하겠다며 소동을 벌였다 .

그는 결국 경찰서 유치장에 갔다 .

하지만 그가 교도소에 가고 싶어한 이유에 대해서는 구체적으로 알려지지 않았다 .

어휘 詞彙

- 교도소 [矯導所] 監獄
- 휘발유 [揮發油] 汽油
- 광주광역시 [光州廣域市]
- 꼽히다 被選為
- 연인 [戀人] 情侶
- 보내다 送走
- 소란을 피우다 [騷亂 -] 引起騷動、吵鬧

- 만취하다 [滿醉] 爛醉、酩酊大罪
- 떼를 쓰다 要賴
- 돌려보내다 送回
- 뿌리다 噴灑、淋
- 분신 [焚身] 自焚
- 소동을 벌이다 引起騷動
- 유치장 [留置場] 拘留所

문제 題目

1. 이 글의 중심 내용을 고르십시오 . 請選擇本文的重點。

① 술을 마신 60 대 남성이 경찰서에 가서 소란을 피웠다 .

② 60 대 남성은 교도소에 영원히 살고 싶어했다 .

③ 60 대 남성은 경찰서에서 자살을 시도했다 .

④ 경찰은 60 대 남성을 체포했다 .

2. 이 글의 내용과 같으면 O, 다르면 X 표시하십시오 .
如果與本文相同，則標記為 O；如果不同，則標記為 X。

① A 씨는 술을 마시고 경찰서에 찾아갔다 . [   ]

② A 씨는 교도소에 보내달라고 말했다 . [   ]

③ A 씨는 경찰서에서 휘발유를 마셨다 . [   ]

④ 경찰은 A 씨를 유치장에 보냈다 . [   ]

3. 다음 질문에 대해 생각해 봅시다 . 請思考下列問題，並試著寫出自己的想法。

> 술에 취해 이성을 잃은 사람을 본 적이 있습니까 ? 어떤 일이 있었습니까 ?

範例：

　저는 밤에 집에 가다가 술에 취한 사람을 많이 봤습니다 . 술 냄새가 너무 심하게 나서 가까이 가기가 싫습니다 . 며칠 전에 저는 집에 돌아가는 길에 술에 취한 아저씨를 봤는데 , 그 아저씨는 저에게 큰 소리로 이상한 말을 했습니다 . 저는 화가 났지만 꾹 참고 집에 갔습니다 . 다음날 아침 출근하는 길에 그 아저씨를 다시 봤습니다 . 그 아저씨는 길에서 자고 있었습니다 .

韓國媒體報導指出，光州廣域市一名 60 歲男性 A 某大鬧警局，要求將其送入監獄。

4 日凌晨 2 點 50 分，A 某喝得爛醉來到光州北部分局，耍賴要求把自己送入監獄。

警方將該名男子送回家中。

男子一氣之下跑到加油站購買汽油，重回警察局。

男子於警局前方往身上潑灑汽油，欲點火焚身，引發一陣騷動。
最後該名男子被送進警局拘留所。
至於他的入獄動機，並未具體告知。

정답 및 해설 答案與詳解

正確答案：**1.** ①　**2.** O, O, X, O

詳解：
1. 題目便點出主旨。

2.
① 請參考內文第二段。

② 請參考內文第二段。

③ 第五段中提到男子往身上潑灑汽油，欲點火焚身，並未提到他試圖自殺。

④ 請參考內文第六段。

Chapter 2

實 力 養 成

難 度 1 到 3 顆 星 ， 培 養 新 聞 閱 讀 實 力 。

방탄소년단 , 미국 새해 열었다
防彈少年團參與美國跨年活動

세계적인 한류 열풍의 주역으로 꼽히는 방탄소년단 (BTS) 이 지난 2018 년 12 월 31 일 미국 뉴욕 맨해튼 타임스퀘어에서 열린 새해 맞이 최대 행사 무대에 올랐다 .

미국 ABC 의 신년 전야 프로그램인 ' 딕클락스 뉴 이어스 로킹 이브 '(Dick Clark's New Year's Rocking Eve) 를 통해 미국 전역에 생중계 됐다 . 이 행사는 2500 만여 명이 지켜본 것으로 알려졌다 .

이들은 무대에 올라 ' 작은 것들을 위한 시 ' 를 부른 뒤 관객들에게 " 해피 뉴 이어 " 라고 새해 인사를 했다 . 관객들은 이들의 노래를 한국어로 따라 불렀다 .

행사 진행자인 라이언 시크레스트는 " 세계적인 현상의 주인공 ", " 전 지구를 홀린 그룹 " 이라는 수식어로 방탄소년단을 소개했다 .

2020 년을 알리는 불꽃이 터진 뒤 BTS 멤버들은 무대에서 미국의 유명 가수 포스트 멀론 등과 포옹을 하고 덕담을 나눴다 .

BTS 리더 RM 은 " 영화 ' 나 홀로 집에 ' 를 통해 보던 광경이 눈앞에 펼쳐지고 있다 " 고 소감을 밝혔다 .

시크레스트가 어떻게 새해를 맞이하느냐는 질문에 RM 은 " 가족이나 친구들과 함께 크리스마스 트리 앞에 모여서 맛있는 음식을 먹으며 새해를 위한 각오를 다진다 " 고 답했다 .

2012 년 싸이가 한국 가수 최초로 ' 강남스타일 ' 을 선보인 이후 방탄소년단이 두 번째로 이 무대를 장식했다 . 이 행사는 엠넷 (Mnet) 에서도 생중계됐다 .

방탄소년단이 2019 년 4 월 발매한 미니앨범 ' 맵 오브 더 솔 : 페르소나 ' 는 미국 , 일본 , 영국 등 세계 음악 차트를 석권했으며 미국 3 대 음악상으로 꼽히는 아메리칸 뮤직 어워드 3 관왕 , 빌보드 뮤직 어워드 2 관왕에 올랐다 .

어휘 詞彙

- 한류 [韓流]
- 열풍 [烈風] 熱潮
- 주역 [主役] 主角、主力
- 꼽히다 被選為、被評為
- 뉴욕 [New York] 紐約
- 맨해튼 [Manhattan] 曼哈頓
- 타임스퀘어 [Times Square] 時代廣場
- 새해맞이 跨年
- 전야 [前夜] 前夕
- 전역 [全域] 整個地區
- 생중계되다 [生中繼] 現場直播

- 지켜보다 注視、關注
- 노래를 따라 부르다 跟唱
- 터지다 爆發、破裂
- 포옹을 하다 [抱擁] 擁抱
- 덕담을 나누다 [德談 -] 互相祝福、拜年
- 광경 [光景] 情景
- 펼쳐지다 展開、打開
- 새해를 맞이하다 迎接新年
- 각오를 다지다 [覺悟 -] 有所覺悟、下定決心
- 석권하다 [席捲] 包辦、橫掃

문제 題目

1. 이 글의 중심 내용을 고르십시오 . 請選擇本文的重點。

① 방탄소년단의 팬들이 행사장에서 방탄소년단 노래를 한국어로 따라 불렀다 .

② 미국 뉴욕에서 열린 행사는 세계적인 규모다 .

③ 방탄소년단이 미국 뉴욕에서 열린 신년맞이 행사에 참가했다 .

④ 싸이보다 방탄소년단의 인기가 더 높다 .

2. 이 글의 내용과 같으면 O, 다르면 X 표시하십시오 .
如果與本文相同，則標記為 O；如果不同，則標記為 X。

① 방탄소년단은 2018 년 연말에 뉴욕에 있었다 . [   ]

② 방탄소년단의 경제적 가치는 크지 않은 편이다 . [   ]

③ 방탄소년단은 미국의 유명 가수들과 어깨를 나란히 했다 . [   ]

④ 방탄소년단 RM 은 새해를 가족이나 친구들과 함께 보낸다고 말했다 . [   ]

3. 다음 질문에 대해 생각해 봅시다 . 請思考下列問題，並試著寫出自己的想法。

> 여러분이 좋아하는 한국 연예인이 있습니까 ? 그 연예인에 대해 말해 보세요 .

範例：

　내가 좋아하는 한국 연예인은 유재석이다 . 유재석은 한국에서 국민 MC 라고 불린다 . 나는 10 년 전 유재석을 한국 예능프로그램을 통해 알게 되었는데 , 그가 말을 재미있게 잘 하는 모습을 보고 좋아하기 시작했다 . 바쁜 일상에서 잠깐 짬을 내서 그가 출연한 프로그램을 보면 스트레스가 확 풀린다 .

번역 中文翻譯

被譽為韓流全球化熱潮主角的防彈少年團，於 2018 年 12 月 31 日登上美國紐約曼哈頓時代廣場所舉行的最大規模跨年晚會舞台。

美國 ABC 電視台於全美各地即時轉播跨年節目「迪克·克拉克的跨年搖滾夜（Dick Clark's New Year's Rockin' Eve）」，該活動吸引了 2500 多萬人次觀看。

防彈少年團登台演唱「致微小事物之詩」，接著向觀眾獻上新年祝福「Happy New Year」。觀眾們則用韓語跟著他們大合唱。

活動主持人瑞安·西克雷斯特（Ryan Seacrest）介紹防彈少年團時，形容他們是「世界級現象的主角」、「使整個地球著迷的團體組合」。

象徵 2020 年的煙火施放完畢後，BTS 成員與美國知名歌手波茲 · 馬龍（Post Malone）相擁，並互相祝福。

BTS 的隊長 RM 發表感言時說道：「曾在電影《小鬼當家》中看過的場景，現在

就在我眼前。」

西克雷斯特問道：「如何迎接新年的到來」，RM 回答：「會與家人或朋友聚在聖誕樹周圍，一邊享用著美味的食物，一邊立下新年目標。」

防彈少年團是繼 2012 年 PSY 以「江南 STYLE」亮相後，第二位登上這個舞台的韓國歌手。該活動由 Mnet 電視台即時轉播。

防彈少年團於 2019 年 4 月發行的迷你專輯《MAP OF THE SOUL : PERSONA》，橫掃美國、日本、英國等世界各大音樂排行榜，並榮登被稱為美國三大音樂獎的全美音樂大獎（American Music Awards）三冠王、以及告示牌音樂獎（Billboard Music Awards）雙冠王。

根據早前現代經濟研究院於 2018 年公布的報告書，經分析顯示，防彈少年團對韓國經濟產生的效益高達 5 兆 5600 億韓圜。

정답 및 해설 答案與詳解

正確答案：1. ③　2. O, X, O, O

詳解：
1. 請參考內文第一段。

2.
① 防彈少年團參加了 2018 年 12 月 31 日於美國紐約舉辦的跨年活動，表示 2018 年最後一天他們人在美國。

② 防彈少年團帶來極高的經濟效益，請參考內文最後一段。

③ 第五段中提到他們與波茲 · 馬龍（Post Malone）相擁，並互相祝福。

④ 請參考內文第七段。

서울 지하철 분실물 13 만 개 넘어

韓國地鐵遺失物超過 13 萬件

서울 지하철에서 발생한 분실물이 13 만여 개가 넘는 것으로 알려졌다 .

서울교통공사는 2018 년 지하철 1~8 호선에서 습득한 유실물이 총 13 만 6117 개라고 밝혔다 .

이는 하루 평균 373 개꼴로 분실물이 발생한 셈이다 .

분실물 품목별로 보면 지갑 , 가방 , 휴대폰 순이었다 . 지갑 3 만 371 건 , 가방 2 만 8874 건 , 휴대폰 2 만 7991 건이었다 .

이 중에서 주인이 찾아간 유실물은 9 만 9875 건으로 알려졌다 . 나머지 22.5% 인 3 만 679 건은 경찰로 넘겨졌다 .

2018 년 유실물은 2017 년 14 만 721 개보다 소폭 감소했다 .

지하철에서 물건을 분실하여 빨리 찾고자 한다면 자신이 하차한 승강장의 위치를 정확히 아는 것이 중요하다 .

지하철에 탑승할 때 바닥에 열차의 위치 번호가 있는데 물건을 분실했을 경우 역무실을 찾아 가서 열차 방향과 이 위치 번호를 이야기하면 된다 .

정확한 위치를 기억하지 못한다면 교통카드 등을 통해 승차 시간을 확인한 후 해당 시간에 운행한 열차를 찾는 방법 등이 있다 .

한 지하철역에서 근무하는 역무원은 " 요즘 무선 이어폰이 대중화되면서 출퇴근 시간 선로 유실물이 늘어나고 있다 " 며 " 선로에 떨어진 물건을 찾기 위해서는 막차가 지나가고 스크린도어를 열고 내려가 찾아야 한다 " 고 말했다 .

서울교통공사는 유실물을 7 일까지 보관하며 주인이 찾아가지 않을 경우 관할 경찰서로 넘긴다 . 경찰서는 법정 보관 기간 9 개월이 지나면 매각 후 국고에 귀속하거나 폐기 또는 사회복지단체 등에 무상으로 양여한다 .

어휘 詞彙

- 분실물 [紛失物] 遺失物品
- 습득하다 [拾得] 撿到
- 유실물 [遺失物] 失物
- 나머지 其餘、剩下的
- 넘겨지다 移交
- 소폭 [小幅] 小幅度
- 하차하다 [下車]
- 승강장 [乘降場] 月台
- 탑승하다 [搭乘] 乘坐
- 바닥 地板、地面
- 역무실 [驛務室] 站務處
- 역무원 [驛務員] 站務員
- 선로 [線路] 路線、軌道
- 막차 [- 車] 末班車
- 스크린도어 [screen door] 月台閘門
- 관할 [管轄]
- 매각 [賣却] 出售、賣掉
- 국고 [國庫]
- 귀속하다 [歸屬]
- 폐기 [廢棄] 報廢
- 무상 [無償] 免費
- 양여하다 [讓與] 轉讓、過戶

문제 題目

1. 이 글의 중심 내용을 고르십시오 . 請選擇本文的重點。

① 지하철 분실물은 해마다 10 만 개 이상에 달한다 .

② 지하철에서 물건을 잃어버리면 쉽게 찾을 수 있다 .

③ 지하철 역무원은 분실물 때문에 힘들어한다 .

④ 지하철 유실물은 모두 주인이 찾아갔다 .

2. 이 글의 내용과 같으면 O, 다르면 X 표시하십시오 .
如果與本文相同，則標記為 O；如果不同，則標記為 X。

① 지하철 분실물 중 무선 이어폰이 가장 많다 . [   ]

② 지하철을 탈 때 바닥에 있는 열차 번호를 알면 분실물을 찾기가 쉽다 . [   ]

③ 지하철 분실물은 해마다 증가하고 있다 . [   ]

④ 역무원이 선로에 떨어진 물건을 찾으려면 막차가 지나가야 찾을 수 있다 . [   ]

3. 다음 질문에 대해 생각해 봅시다 . 請思考下列問題，並試著寫出自己的想法。

> 여러분은 물건을 잃어버려서 고생한 적이 있습니까 ? 어떤 물건을 잃어버렸습니까 ? 물건을 잃어버려서 어떻게 했습니까 ?

範例：

　　나는 초등학교 때 집열쇠를 잃어버려서 고생한 적이 있다 . 나는 보통 열쇠를 가방 안에 넣고 학교에 다녔다 . 어느날 방과후에 나는 친구들과 축구를 했다 . 친구들과 학교 운동장에서 축구를 즐겁게 하고 집으로 갔는데 집에 아무도 없었다 . 나는 가방을 열고 열쇠를 찾아 봤지만 열쇠는 없었다 . 혹시 축구를 하다가 학교 운동장에서 열쇠를 잃어버린 건 아닌가 하는 생각이 들어 다시 학교 운동장에 갔다 . 하지만 열쇠를 찾을 수 없었다 . 나는 집으로 다시 돌아왔지만 여전히 집에는 아무도 없었다 . 나는 집 대문 앞에서 부모님이 올 때까지 기다려야만 했다 . 저녁이 되어서야 어머니께서 오셨다 . 열쇠는 책상 위에 있었다 .

據消息指出，首爾地鐵上拾得之遺失物超過 13 萬件。

首爾交通公社公布 2018 年在地鐵 1 到 8 號線上拾獲的遺失物共有 13 萬 6117 件。

相當於平均每天有 373 件遺失物。

就遺失物種類來看，數量依序為錢包、包包、手機。錢包有 3 萬 371 件、包包有 2 萬 8874 件、手機有 2 萬 7991 台。

當中物歸原主的遺失物有 9 萬 9875 件，其餘的 3 萬 679 件（22.5%）則送交警局。

與 2017 年的 14 萬 721 件相比，2018 年的遺失物數量呈小幅減少。

如欲盡快找回在地鐵上遺失的物品，明確知道自己下車的月台位置是很重要的事。

搭乘地鐵時，地上有標示列車位置編號。若發生遺失物品的情況，只要前往站務處，告知列車方向與位置編號即可。

若無法想起確切位置，還有另一個方法是由交通卡確認乘車時間，再找出該時段內行駛的列車。

任職於某地鐵站的站務員表示：「近期隨著藍牙耳機的普及，上下班時間掉落鐵軌的事件頻傳。」、「為找尋掉落至鐵軌的物品，須待末班車收班後，才能開啟月台閘門下去撿取。」

首爾交通公社表示，遺失物至多得保管 7 日。若無法查知失主，則會送交管轄分局。如逾法定保管期限 9 個月，警局得將其拍賣並歸入國庫、或報廢處理，亦可無償轉讓給社會福利團體。

정답 및 해설 答案與詳解

正確答案：1. ①　2. X, O, X, O

詳解：
1. 請參考內文第一段。

2.
① 第四段中提到遺失物數量排名依序為錢包、包包、手機，當中最多人遺失的物品為錢包。

② 請參考內文第八段。

③ 請參考內文第六段，2018 年的遺失物數量較 2017 年減少。

④ 請參考內文第十段。

직장에서 ' 오지랖 갑질 ' 도 모욕죄
職場上的「過度干涉」亦構成侮辱罪

시민단체 ' 직장갑질 119' 가 지난해부터 올해 1 월까지 접수된 ' 오지랖 갑질 ' 사례를 공개했다 .

이 단체는 신원이 파악된 이메일 1320 건을 분석했다 .

단체에 따르면 직장인 A 씨는 직장상사로부터 " 남자친구는 있느냐 ", " 잠은 자느냐 ", " 화장은 사회생활에 기본인데 기본이 안 돼 있다 " 는 등의 말을 들었다 . 그뒤 A 씨는 회사에 고충처리를 요구했지만 상사의 사과를 한마디도 듣지 못한 채 퇴사하게 됐다 .

다른 직장인은 " 직장상사가 화장을 진하게 하지 않거나 붉은 계열의 립스틱을 바르지 않으면 화장을 안 한 것으로 간주해 용모와 복장이 불량하다는 지적을 매번한다 " 고 전했고 , 또 다른 직장인은 " 다리가 짧다 , 가슴이 없다 " 는 말을 들었다고 전했다 .

직장갑질 119 는 이렇게 타인의 사생활을 심각하게 침해하는 것은 인권유린이라고 주장했다 .

직장갑질 119 의 윤지영 변호사는 " 상대방으로 하여금 굴욕감이나 모욕감을 느끼게 함과 동시에 상대방의 사회적 평가를 저하시키는 행위는 모욕죄에 해당할 수 있다 " 고 밝혔다 .

근로기준법 76 조에는 직장 내 괴롭힘에 관해 업무의 적정범위를 넘어 직원에게 신체적 , 정신적 고통을 주거나 근무환경을 악화시키는 행위로 규정하고 있다 .

2017 년 국가인권위원회 실태조사에서 한국인 직장인 73.3% 가 괴롭힘을 겪은 적이 있다고 답했다 .

어휘 詞彙

- 오지랖 多管閒事
- 갑질 仗勢欺人
- 모욕죄 [侮辱罪]
- 접수되다 [接受] 被受理
- 사례 [事例] 案列
- 신원 [身元] 身份、來歷
- 파악되다 [把握] 掌握
- 분석하다 [分析]
- 직장상사 [職場上司] 公司主管
- 기본 [基本] 基礎、根本
- 고충처리 [苦衷處理] 投訴
- 사과를 듣다 聽到道歉
- 퇴사하다 [退社] 辭職
- 붉은 계열 [- 系列] 紅色系
- 립스틱을 바르다 [lipstick-] 塗抹唇膏
- 간주하다 [看做] 當成、視為
- 용모 [容貌] 相貌、長相
- 복장 [服裝]

- 지적 [指摘] 指責
- 타인 [他人]
- 사생활 [私生活] 隱私
- 침해하다 [侵害] 侵犯
- 인권유린 [人權蹂躪] 踐踏人權
- ... 로 하여금 讓人
- 굴욕감 [屈辱感] 恥辱感
- 모욕감 [侮辱感] 羞辱感
- 저하시키다 [低下] 使降低、下跌
- 해당하다 [該當] 屬於
- 근로기준법 [勤勞基準法] 勞動基準法
- 괴롭힘 折磨、霸凌
- 적정범위 [適正範圍] 合理範圍
- 악화시키다 [惡化] 使惡化、變壞
- 행위 [行為] 作為
- 규정하다 [規定]
- 괴롭힘을 겪다 受折磨、被刁難

문제 題目

1. 이 글의 중심 내용을 고르십시오 . 請選擇本文的重點。

① 한국의 모든 직장에서 오지랖 갑질이 존재한다 .

② 한 시민 단체가 직장 내 갑질 사례를 공개한 뒤 모욕죄라고 했다 .

③ 시민단체는 인권유린이 직장에서만 발생한다고 주장했다 .

④ 직장상사들은 부하직원의 사생활에 관심이 많다 .

2. 이 글의 내용과 같으면 O, 다르면 X 표시하십시오 .

如果與本文相同，則標記為 O；如果不同，則標記為 X。

① 한국에 있는 모든 회사 직장상사들은 화장을 진하게 하지 않으면 화장을 하지 않았다고 생각한다 . [   ]

② 오지랖 갑질 사례는 한국에서 일상적인 일이다 . [   ]

③ 시민단체는 타인의 생활을 침해하는 것은 인권유린이라고 말했다 . [   ]

④ 한국에서는 근로기준법에 직장 내 괴롭힘에 관해 규정되어 있다 . [   ]

3. 다음 질문에 대해 생각해 봅시다 . 請思考下列問題，並試著寫出自己的想法。

> 사생활은 보호 받아야 한다고 생각합니까 ?

範例 :

　사생활 침해는 보통 개인에 관한 성별 , 나이 , 주소 등 여러 가지 정보가 다른 사람에게 노출되거나 악용되는 것을 말한다 . 사생활은 보호 받아야 한다 . 사생활의 비밀과 자유는 한국 헌법에서 기본권이다 . 헌법 제 17 조에는 " 모든 국민은 사생활의 비밀과 자유를 침해 받지 아니한다 " 고 규정되어 있다 . 이는 당사자가 사적인 일과 사생활의 내용을 공개 당하지 아니하고 자유롭게 활동하고 생활하는 것에 대해 침해나 간섭 받지 않도록 하기 위한 것이다 .

市民團體「職場欺壓119」公開了去年至今年一月為止受理的「過度干涉」案例。

該團體分析了1320封已掌握身份的電子郵件。

據該團體表示，上班族Ａ某曾從公司主管口中聽到：「有沒有男朋友啊？」、「你們睡過了嗎？」、「化妝是職場生活的基本禮儀，你連基本常識都不懂」等話語。雖然事後Ａ某有向公司投訴，但連上司一句道歉的話都沒聽到就離職了。

另一名上班族表示：「公司主管認為只要妝化得不夠濃、或是沒有塗紅色系口紅，就等於沒化妝，老愛指責別人的外表和穿著。」還有名上班族表示曾聽過：「腿短、平胸」的指責。

職場欺壓119主張侵犯他人隱私視同踐踏人權。

職場欺壓119的尹芝英律師表示：「使對方感受到恥辱、或屈辱的同時，降低對方在社會上評價之行為，即構成侮辱罪。」

按《勞動基準法》第76條規定：「職場霸凌行為指超越業務合理範圍，加諸員工身體、精神上的痛苦、或使其工作環境惡化之行為。」

在2017年國家人權委員會的實況調查中，有73.3%的韓國上班族回答曾遭受霸凌。

정답 및 해설 答案與詳解

正確答案：**1.** ②　**2.** X, X, O, O

詳解：
1. 請參考新聞標題與內文第一、第六段。

2.
① 文中並未提到每間公司都有這種情況。

② 文中並未提到韓國經常出現職場上過度干涉的行為。

③ 請參考內文第五段。

④ 請參考內文第七段。

한국 게임 매출 10 년 연속 성장세…시장점유율 세계 4 위

韓國遊戲銷量連續 10 年成長…市占率世界第四

한국 게임 매출이 10 년 연속 성장세를 보였다 . 게임 산업은 한국 콘텐츠 산업의 수출을 주도해 오고 있다 .

2019 대한민국 게임백서에 따르면 2018 년 국내 게임 산업 매출액은 14 조 2902 억 원으로 전년보다 8.7% 증가했다 .

이렇게 한국 게임산업 매출이 10 년 연속으로 꾸준히 성장하면서 10 년 전보다 2 배 이상 증가한 것으로 나타났다 . 10 년 전인 2009 년의 매출은 6 조 5806 억 원에 불과했다 .

전체 매출액 중 모바일 게임 매출액이 전체 게임 매출액의 46.6% 를 차지하면서 6 조 6558 억 원에 달했다 . 이는 전년 대비 7.2% 늘어난 것이다 .

PC 게임 매출액은 전년보다 10.6% 늘어난 5 조 236 억 원이었으며 콘솔게임은 41.5% 급증한 5485 억 원이었다 .

세계 게임 시장의 규모는 1 천 783 억 6800 만 달러로 전년보다 7.1% 늘어났다 . 6.3% 의 점유율을 차지한 한국 게임은 미국 , 중국 , 일본에 이어 세계 4 위에 올랐다 .

한국의 PC 게임 점유율은 중국에 이어 2 위 (13.9%) 에 올랐으며 , 한국의 모바일 게임은 중국 , 일본 , 미국에 이어 4 위 (9.5%) 에 올랐다 .

국가별 수출액 비중은 중국 , 미국 , 대만•홍콩 , 일본 , 동남아 , 유럽 순이었는데 각각 30.8%, 15.9%, 15.7%, 14.2%, 10.3%, 6.5% 를 기록했다 .

수입액 규모도 같은 기간 동안 16.3% 늘면서 3 억 578 만 달러로 집계됐다 .

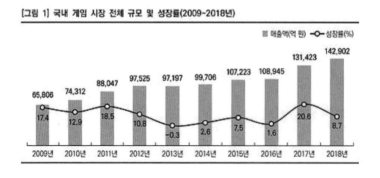

[그림 1] 국내 게임 시장 전체 규모 및 성장률 (2009~2018년)

어휘 詞彙

- 매출 [賣出] 銷量
- 연속 [連續]
- 성장세 [成長勢] 成長趨勢
- 점유율 [占有率]
- 콘텐츠 [contents] 內容、主題
- 산업 [產業]
- 수출 [輸出] 出口、外銷
- 주도하다 [主導]
- 매출액 [賣出額] 銷售額
- 전년 [前年] 前一年
- 불과하다 [不過] 只是

- 모바일게임 [mobile game] 手機遊戲
- 차지하다 占有
- PC 게임 [pc game] 電腦遊戲
- 콘솔게임 [console game] 主機遊戲
- 오르다 上升、提高
- 동남아 [東南亞]
- 유럽 [Europe] 歐洲
- 순 順序
- 기록하다 [紀錄]
- 수입액 [輸入額] 進口額
- 집계되다 [集計] 總計、合計

문제 題目

1. 이 글의 중심 내용을 고르십시오 . 請選擇本文的重點。

① 한국 게임 산업의 매출액 중 모바일 게임의 비중이 제일 높다 .

② 한국의 게임 매출액은 10 년간 꾸준하게 성장했다 .

③ 한국의 컴퓨터 게임은 세계 시장에서 큰 비중을 차지한다 .

④ 한국의 게임 산업은 미국 , 중국 , 일본에 이어 세계 4 위다 .

2. 이 글의 내용과 같으면 O, 다르면 X 표시하십시오 .
如果與本文相同，則標記為 O；如果不同，則標記為 X。

① 2018 년 한국 게임산업은 10 년 전보다 2 배 이상 성장했다 . [　　]

② 한국의 전체 게임 매출액 중 모바일 게임 매출액이 절반 이상이다 . [　　]

③ 한국의 PC 게임은 세계 2 위 수준이다 . [　　]

④ 한국의 게임 수출액 비중은 대만이 가장 높다 . [　　]

3. 다음 질문에 대해 생각해 봅시다 . 請思考下列問題，並試著寫出自己的想法。

> 게임의 장점과 단점에 대해 말해 봅시다 .

範例 :

　게임이라고 생각하면 가장 먼저 떠오르는 것이 ' 중독성 ' 이다 . 게임에 중독된다는 것은 장시간 지나치게 게임에 몰두하여 일상생활을 정상적으로 하지 못하는 상태를 말하는데 , 게임에 중독된 사람들에 대한 이야기를 뉴스 등을 통해 쉽게 접할 수 있다 . 일부 전문가들은 게임 중독은 개인의 의지 문제가 아니라 정신 질환의 일종이라며 치료가 필요하다고 말하기도 한다 . 그밖에 게임의 단점으로는 시력 저하 , 관절 통증 , 피로감 상승 등을 들 수 있다 . 그렇지만 자신이 통제할 수 있을 정도로 게임을 한다면 긍정적인 효과가 크다고 생각한다 . 미국의 한 대학교 연구에서 게임을 하는 사람들이 게임을 안 하는 사람보다 정보 인지 능력이 빠르고 집중력도 강하다는 결과가 보고되기도 했다 . 또한 게임을 하면 스트레스도 해소할 수 있어 생활에 도움이 된다 .

占率為 6.3%，排名世界第四，僅次於美國、中國、和日本。

韓國電腦遊戲的占有率排名第二（13.9%），僅次於中國；手機遊戲的占有率則排名第四（9.5%），僅次於中國、日本、和美國。

各國出口額占全球總出口額的比重，依序為中國、美國、台灣和香港、日本、東南亞、歐洲，分別為 30.8%, 15.9%, 15.7%, 14.2%, 10.3%, 6.5%。

進口規模也較同期增加 16.3%，金額共計 3 億 578 萬美元。

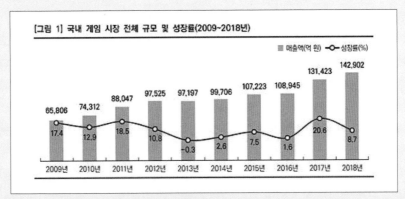

[圖一] 韓國國內遊戲市場的整體規模及成長率（2009~2018 年）
銷售額（億韓圜）成長率（%）

정답 및 해설 答案與詳解

正確答案：**1.** ②　**2.** O, X, O, X

詳解：
1. 請參考內文第一段；③的主詞為「컴퓨터 게임（電腦遊戲）」，但本篇報導中指的是所有遊戲類型，不僅限於電腦遊戲。

2.
① 請參考內文第三段。

② 第四段中提到手機遊戲銷售額整體遊戲銷售額的 46.6%，未達 50%。

③ 請參考內文第七段。

④ 請參考內文第八段。韓國遊戲的出口額，中國所佔的比重最高。

대통령 전용기 ' 공군 1 호기 ' 임대 1 년 연장
總統專機「空軍一號」租期延長一年

' 공군 1 호기 ' 로 불리는 대통령 전용기의 임대 계약이 2020 년 3 월에 끝나지만 오래된 비행기를 1 년 더 타기로 했다 .

한국의 대통령 전용기는 직접 구매하는 대신 한국 항공사로부터 장기간 빌려 사용해 오고 있다 .

대통령이 타고 있는 비행기는 2001 년 생산된 보잉 747-4B5 기종으로 대한항공이 소유하고 있다 . 정부는 2010 년 4 월부터 임차했다 .

2020 년 3 월 계약이 끝남에 따라 전용기의 교체가 예상됐지만 청와대와 공군은 계약을 1 년 더 연장하기로 했다 . 행정 절차에 긴 시간이 걸렸기 때문이다 .

새 전용기의 조건은 생산된 지 5 년이 넘지 않은 기종으로 미국의 수도 워싱턴 D.C 까지 한 번에 갈 수 있어야 한다 .

교체될 전용기는 2021 년 4 월부터 2026 년 3 월까지 투입될 예정이다 . 하지만 구체적인 항공사와 기종은 정해지지 않은 것으로 알려졌다 .

일각에서는 국가가 대통령 전용기를 구매해 사용해야 한다는 주장도 나온다 .

2018 년 9 월 문재인 대통령이 탑승한 대통령 전용기가 북한 평양 순안 공항에 18 년 만에 착륙해 주목 받은 바 있다 .

어휘 詞彙

- 전용기 [專用機] 專機
- 임대 [賃貸] 租賃
- 연장 [延長]
- 계약 [契約] 合約
- 기종 [機種] 機型
- 소유하다 [所有] 持有、所屬
- 임차하다 [賃借] 租借
- 계약 [契約]
- 행정 [行政] 軍備
- 절차 [節次] 程序、步驟
- 조건 [條件]
- 생산 [生産] 製造
- 수도 [首都]
- 투입되다 [投入]
- 구체적 [具體的]
- 정해지다 定案
- 항공사 [航空社] 航空公司
- 구매하다 [購買]
- 탑승하다 [搭乘]
- 착륙하다 [着陸] 降落

문제 題目

1. 이 글의 중심 내용을 고르십시오 . 請選擇本文的重點。

① 임대 계약이 끝난 대통령 전용기를 1 년 더 사용하기로 했다 .

② 10 년 가까이 사용한 대통령 전용기를 새로 구매할 계획이다 .

③ 한국의 대통령 전용기는 국가가 구매해서 사용해야 한다 .

④ 대통령 전용기는 북한에 간 적 있다 .

2. 이 글의 내용과 같으면 O, 다르면 X 표시하십시오 .
   如果與本文相同，則標記為 O；如果不同，則標記為 X。

① 한국은 대통령 전용기를 새로 구매하기로 결정했다 . 〔   〕

② 현재 사용하고 있는 대통령 전용기는 대한항공이 소유하고 있다 . 〔   〕

③ 대통령 전용기의 임대를 1 년 연장한 이유는 행정 문제 때문이다 . 〔   〕

④ 새로 교체될 전용기는 북한에 갈 예정이다 . 〔   〕

3. 다음 질문에 대해 생각해 봅시다. 請思考下列問題，並試著寫出自己的想法。

국가가 대통령 전용기를 반드시 구매하는 것이 좋다고 생각합니까? 아니면 항공사에서 빌려서 사용하는 것이 좋다고 생각합니까?

範例：

　하늘 위의 집무실로 불리는 대통령 전용기는 국가 원수의 얼굴이자 국력의 상징이라고 할 수 있다. 이렇기에 대통령 전용기는 반드시 필요하다고 생각하지만 국가가 반드시 전용기를 구매할 필요는 없다고 본다. 만약 대통령 전용기를 구매한다면 전용기를 일정 기간 이용한 후 다시 새 비행기를 구매해야 하는 상황이 발생한다. 이때 상당한 비용이 발생할 것이며 이 비용은 국민들의 세금으로 충당될 것이다. 하지만 항공사의 비행기를 임차해서 쓰면 이러한 비용을 줄일 수 있으며, 계약 내용에 따라 비행기의 유지, 보수도 항공사에서 대신 해줄 수 있다고 생각한다.

변역 中文翻譯

總統專機「空軍一號」的租約於 2020 年 3 月到期，但最終決定延長一年，繼續搭乘這架老飛機。

韓國的總統專機一直以來皆向韓國航空公司長期租借使用，並非直接花錢購入。

總統搭乘的飛機機種為 2001 年製造的波音 747-4B5 型客機，隸屬於大韓航空。政府自 2010 年 4 月起租借。

原本預計於 2020 年 3 月合約屆滿後更換專機，但青瓦台與空軍決定將合約延長一年。原因在於行政程序過於耗時。

新專機的條件為機齡未超過五年的機型，且能夠直飛美國首都華盛頓哥倫比亞特區。

欲更換的專機預計於 2021 年 4 月至 2026 年 3 月投入使用。據消息指出，航空公司和機型仍未有具體定案。

對此也有部分人士主張國家應該直接購買總統專機。

2018 年 9 月總統文在寅搭乘總統專機降落在北韓平壤順安機場，這次時隔 18 年的再次訪朝備受矚目。

정답 및 해설 答案與詳解

正確答案：**1.** ①　**2.** X, O, O, X

詳解：
1. 請參考新聞標題和內文第一段。

2.
① 請參考內文第四段，並未要購買新機，而是決定將租期再延長一年。

② 請參考內文第三段。

③ 請參考內文第四段最後一行。

④ 文中並未提到更換後的新專機將飛往北韓。

한국 청소년 , 운동부족 세계 1 위
韓國青少年運動量不足排名世界第一

한국 청소년이 세계에서 가장 운동을 안하고 있다는 조사 결과가 나왔다 .

세계보건기구 (WHO) 는 146 개국의 11~17 세 청소년 약 160 만 명을 대상으로 운동 현황을 조사해 22 일 그에 대한 보고서를 발표했다 .

보고서에는 세계 청소년 80% 이상이 하루에 한 시간도 운동을 하지 않는 것으로 나타났다 .

공교롭게 청소년의 운동부족이 가장 심각한 나라는 한국이었다 . 운동부족 비율은 약 94.2% 에 달했다 .

일반적으로 국가의 소득이 높을수록 운동 부족 비율은 낮아진다 . 하지만 한국은 소득 수준이 높음에도 운동 부족 비율이 상당히 높게 나타났다 .

싱가포르의 경우 소득 수준은 높지만 운동부족 비율은 76.3% 에 그쳤다 .

성별로 보면 한국 청소년의 운동부족은 남자 78%, 여자 85% 에 달했다 .

한국 여자 는 세계 1 위 , 한국 남자는 필리핀에 이어 세계 2 위로 나타났다 .

WHO 는 청소년들의 운동이 부족한 이유로 학업으로 인한 시간 부족 , 지나친 스마트폰의 사용 , 청소년을 위한 스포츠레저시설 부족 등을 꼽았다 .

WHO 는 만 5~18 세 청소년은 매일 60 분씩 운동을 해야 한다고 권하는 한편 성장기에 있는 청소년은 달리기와 자전거 타기 , 수영 , 축구 등 심장이 평소보다 빨리 뛰고 호흡이 가빠지는 운동을 하라고 했다 .

어휘 詞彙

- 청소년 [青少年]
- 운동부족 [運動不足] 運動量不足、缺乏運動
- 세계보건기구 [世界保健機構] 世界衛生組織
- 현황 [現況] 現狀
- 공교롭게 [工巧] 恰巧、正好
- 심각하다 [深刻] 嚴重、嚴峻的

- 소득 [所得] 收入
- 상당히 [相當] 相當地
- 싱가포르 [Singapore] 新加坡
- 그치다 停留、保持
- 심장이 뛰다 [心臟 -] 心跳
- 호흡이 가빠지다 呼吸急促、呼吸加速

문제 題目

1. 이 글의 중심 내용을 고르십시오 . 請選擇本文的重點。

① 한국 청소년들도 다른 나라처럼 운동이 부족하다 .

② 청소년들은 건강을 위해서 운동을 해야 한다 .

③ 한국 청소년들의 운동 부족은 전세계 최고 수준에 달한다 .

④ 한국은 소득 수준이 높은 국가다 .

2. 이 글의 내용과 같으면 O, 다르면 X 표시하십시오 .
   如果與本文相同，則標記為 O；如果不同，則標記為 X。

① 한국 청소년들은 운동을 좋아하지 않는다 . [　　]

② 한국 청소년들은 운동을 하지 않아 건강이 나쁘다 . [　　]

③ 한국은 높은 소득 수준에 비해 청소년의 운동부족 비율은 상당히 높다 . [　　]

④ 세계 청소년들의 운동 부족은 부모님 때문이다 . [　　]

3. 다음 질문에 대해 생각해 봅시다 . 請思考下列問題，並試著寫出自己的想法。

> 많은 사람들이 운동이 중요하다고 말합니다 . 운동을 꾸준하게 하면 어떤 점이 좋을까요 ?

範例：

　　많은 사람들은 운동을 반드시 해야 한다고 말한다 . 운동을 하면 스트레스를 해소할 수 있다 . 스트레스를 해소하면 기분도 전환되고 정신 건강에 이롭다 . 또한 운동을 통해 체중 조절도 할 수 있고 뼈와 근육도 강화된다 . 이렇게 되면 신진대사도 활발해져 노화도 늦출 수 있다 . 하지만 꾸준히 운동을 하기란 여간 쉬운 일이 아니다 .

번역 中文翻譯

調查結果顯示，韓國青少年是全世界最不愛運動的人。

世界衛生組織（WHO）針對 146 個國家中 160 萬名 11 到 17 歲的青少年進行運動現況調查，並於 22 日公布相關報告。

報告結果顯示，全世界有超過 80% 的青少年每天運動不到一小時。

湊巧的是，青少年運動量不足情形最嚴重的國家為韓國。運動量不足的比例高達 94.2% 左右。

一般來説，收入越高的國家，運動量不足的比例越低。但是，韓國雖屬高收入國家，運動量不足的比例卻相當高。

以新加坡為例，雖然該國收入水平較高，運動量不足的比例仍達 76.3%。

若以性別劃分，韓國青少年中有 78% 的男生、85% 的女生運動量不足。

該數據顯示，韓國青少女的排名為世界第一；韓國青少年的排名則為世界第二，僅次於菲律賓。

WHO 指出青少年運動量不足的原因有：課業關係導致時間不夠用、過度使用智慧型手機、缺乏青少年專屬的運動休閒設施等。

WHO 建議滿 5 到 18 歲的青少年每天至少要運動 60 分鐘，同時要求處於發育期的青少年，從事慢跑、騎腳踏車、游泳、踢足球等讓心跳和呼吸較平常急促的運動。

정답 및 해설 答案與詳解

正確答案：**1.** ③　　**2.** X, X, O, X

詳解：
1. 請參考新聞標題和內文第一段。

2.
① 文中並未提到韓國青少年不愛運動。

② 文中並未提到不運動會讓健康變糟。

③ 請參考內文第五段。

④ 文中並未提到運動量不足的原因為父母所致。請參考內文第九段，當中提及運動量不足的原因。

한국 20~30 대 83%, " 기회된다면 해외취업 원해 "

韓國二三十歲年輕人，83% 的人表示「有機會的話，想要出國工作」

한국의 20~30 대 10 명 중 8 명이 기회가 된다면 해외취업을 원하는 것으로 나타났다 .

지난 12 일 잡코리아와 시원스쿨랩이 20~30 대 성인남녀 1 천 583 명을 대상으로 조사한 결과 이같이 나타났다 .

해외취업을 하고 싶은 이유에 대해 전체 응답자의 83% 가 ' 근무여건이나 복지제도 등이 잘 갖춰져 있을 것 같아 워라밸을 위해 ' 라고 답했다 . 워라밸은 워크앤라이프밸런스 (Work and Life Balance) 의 줄임말로 일과 생활의 균형을 뜻한다 .

이어 ' 일하면서 어학 실력 향상 등 자기계발을 할 수 있어서 ' 가 54.9% 를 차지했다 . 그 뒤로 ' 국내 취업이 어려워서 '(45%), ' 직무 역량을 높이기 위해 '(29.1%), ' 해외 이민을 위해 '(15.8%) 가 해외 취업을 희망하는 이유로 꼽았다 .

응답자들이 해외취업을 위해 준비하는 것 중에 ' 영어회화 ' 가 60.3%, ' 토익 등 영어 시험점수 준비 ' 가 53.7%, ' 제 2 외국어 준비 ' 가 50% 로 나타났다 .

일하고 싶은 국가로 ' 캐나다 ' 를 꼽은 응답자가 44.4% 로 가장 많았다 . 미국 (37.7%), 호주 (35%), 일본 (29.9%) 순이었다 .

해외 취업 후 한국에 돌아오겠느냐는 질문에 ' 돌아오겠다 ' 가 58.1%, ' 해외에 계속 체류하겠다 ' 가 41.9% 로 나타났다 .

어휘 詞彙

- 해외취업 [海外就業] 出國工作
- 근무여건 [勤務與件] 工作條件
- 복지제도 [福利制度]
- 갖춰지다 具備
- 균형 [均衡] 平衡
- 어학 [語學] 語言學、學外語
- 실력 [實力]
- 향상 [向上] 提升

- 자기계발 [自我啟發] 提升自我
- 차지하다 占有、占據
- 직무 [職務]
- 역량 [力量] 能力
- 이민 [移民] 移居
- 꼽히다 被選為、被評為
- 토익 [TOEIC] 多益
- 체류하다 [滯留] 停留

문제 題目

1. 이 글의 중심 내용을 고르십시오 . 請選擇本文的重點。

① 20~30 대는 근무여건과 복지제도가 잘 갖춰진 해외취업을 희망한다 .

② 20~30 대는 일과 생활의 균형을 매우 중시한다 .

③ 20~30 대는 해외취업을 위해 영어 공부를 열심히 한다 .

④ 20~30 대에게 해외취업은 인기가 높다 .

2. 이 글의 내용과 같으면 O, 다르면 X 표시하십시오 .
如果與本文相同，則標記為 O；如果不同，則標記為 X。

① 20~30 대는 해외 취업을 위해 영어만 공부한다 . [   ]

② 20~30 대가 일하고 싶은 국가는 대부분 영어를 사용하는 국가다 . [   ]

③ 20~30 대는 해외에 취업한 뒤 한국으로 돌아오고 싶어하지 않는다 . [   ]

④ 대부분의 20~30 대는 해외 이민을 위해 해외취업을 희망한다 . [   ]

3. 다음 질문에 대해 생각해 봅시다 . 請思考下列問題，並試著寫出自己的想法。

> 해외에서 취업하고 싶습니까 ? 어떤 국가에서 일해 보고 싶습니까 ? 이를 위해서 어떤 준비를 해야 할까요 ?

範例：

　　나는 한국에서 일해 보고 싶다 . 한국은 내가 좋아하는 나라이기 때문이다 . 한국에 취업하기 위해서는 제일 먼저 한국말을 잘 해야 한다 . 나는 한국어 실력을 향상시키기 위해 매일 한국 친구들과 한국어로 대화하고 한국어로 일기를 쓰고 있을 뿐만 아니라 한국어로 된 뉴스들을 찾아 보고 있다 . 또한 한국어로 된 책들을 사서 읽고 있다 .

변역 中文翻譯

調查顯示，韓國二三十歲的年輕人，每十人就有八人表示：「有機會的話，想要出國工作」。

本月 12 日，Job Korea 和 Siwon School Lab 針對韓國二三十歲年輕男女 1 千 583 人進行調查，其結果如下。

對於想出國工作的原因，有 83% 的受訪者回答：「工作條件或福利制度好像較為完備、追求工作與生活的平衡」。「wo-ra-bel」為「Work and Life Balance」的韓文發音縮寫，意為「工作與生活的平衡」。

接著有 54.9% 的人表示：「工作的同時，又能加強外語能力，有助於提升自我」。其後被選為希望出國工作的原因有「國內求職不易 (45%)」、「欲增強業務能力 (29.1%)」、「欲移居國外 (15.8%)」。

受訪者為出國工作所做的準備中，有 60.3% 的人在準備「英語會話」、有 53.7%

的人在「準備多益等英語測驗」、有 50% 的人在「學習第二外語」。

有 44.4% 的受訪者表示出國工作最想去的國家為「加拿大」，人數最多。而後依序為美國（37.7%）、澳洲（35%）、日本（29.9%）。

針對「出國工作後是否會選擇回韓國」的提問，有 58.1% 的人表示：「會選擇回國」、有 41.9% 的人表示：「打算繼續留在國外」。

정답 및 해설 答案與詳解

正確答案：**1.** ①　**2.** X, O, X, X

詳解：
1. 文中提到韓國二三十歲的年輕人表示想要出國工作，其原因在於工作條件與福利制度較為完善。

2.
① 第五段中提到，受訪者表示除了英文之外，還會學習第二外語。

② 出國工作想去的國家排名依序為加拿大、美國、澳洲、日本，前三名皆為英語系國家。

③ 最後一段中提到，有超過一半的受訪者表示出國工作後，仍會回到韓國。

④ 第四段中提到，只有 15.8 的人表示之所以想要出國工作，為的是移居國外。

한국으로 귀화한 외국인 20 만 명 돌파
歸化韓國籍的外國人突破 20 萬人

한국으로 귀화한 외국인이 20 만 명을 넘어섰으며 , 앞으로도 계속 늘어날 것으로 보인다 .

법무부는 대한민국 국적을 취득한 외국인이 2019 년 11 월 20 일 누적 기준으로 20 만 명을 넘어섰다고 밝혔다 .

20 만 번째로 귀화한 사람은 태국 출신 챔샤이통 크리스다 한양대학교 영문학과 교수였다 .

한국에 오기 전 미국 휴스턴대학교 영문과 교수였던 그는 " 우연한 기회에 한국에 왔는데 살아보니 한국 사람들과 한국 문화가 정말 좋았다 " 며 " 대한민국의 학문 발전과 후학 양성에 더욱 기여하겠다 " 고 말했다 .

귀화한 20 만 명은 110 개국 출신인 것으로 나타났다 .

한국이 급속한 경제 발전을 이룩하면서 동남아 국가 등 경제 발전이 상대적으로 미숙한 나라 사람들만 한국에 귀화하지 않았다 . 스위스 , 스웨덴 , 덴마크 , 네덜란드 , 독일 , 프랑스 , 미국 , 일본 등 선진국 사람들도 다수 귀화했다 .

2011 년 1 월 한국으로 귀화한 사람은 10 만 명을 돌파했다 . 2000 년까지 연평균 귀화자는 33 명 수준으로 귀화한 사람은 1494 명에 불과했다 .

한국에 최초로 귀화한 사람은 대만 국적자로 알려져 있다 . 1957 년 2 월 8 일 대만 출신 손일승 씨가 최초로 귀화한 주인공이다 . 대한민국 정부가 수립된 지 9 년 만에 첫 귀화자가 탄생한 셈이다 .

어휘 詞彙

- 귀화하다 [歸化] 入籍
- 넘어서다 超過、超越
- 앞으로 往後、未來
- 법무부 [法務部]
- 취득하다 [取得] 獲得
- 누적 [累積]
- 기준 [基準] 標準
- 출신 [出身] 身份
- 우연한 기회 [偶然機會]
- 학문 [學問] 學識
- 발전 [發展]
- 후학 [後學] 後輩
- 양성 [養成] 培養、培植
- 더욱 更加
- 기여하다 [寄與] 貢獻

- 급속하다 [急速] 迅速的
- 이룩하다 實現、達成
- 상대적 [相對的]
- 미숙하다 [未熟] 未成熟的
- 스위스 [Swiss] 瑞士
- 스웨덴 [Sweden] 瑞典
- 덴마크 [Denmark] 丹麥
- 네덜란드 [Netherlands] 荷蘭
- 선진국 [先進國] 先進國家、已開發國家
- 다수 [多數]
- 돌파하다 [突破]
- 연평균 [年平均] 年均
- 수준 [水準] 標準、程度
- 국적자 [國籍者]
- 탄생하다 [誕生] 出生

문제 題目

1. 이 글의 중심 내용을 고르십시오 . 請選擇本文的重點。

① 한국으로 귀화환 외국인이 20 만 명을 넘어섰지만 관련 법 개정이 필요하다 .

② 한국으로 귀화한 외국인이 20 만 명을 넘었고 , 앞으로도 계속 증가할 전망이다 .

③ 한국으로 귀화하는 것이 세계적으로 인기를 끌고 있다 .

④ 대한민국 국적을 취득하는 것은 가치 있는 일이다 .

2. 이 글의 내용과 같으면 O, 다르면 X 표시하십시오 .

　如果與本文相同，則標記為 O；如果不同，則標記為 X。

① 한국 귀화는 ' 한류 ' 현상 중 하나이다 . 〔　　〕

② 한국 정부가 수립된 후 최초로 귀화한 사람은 대만 국적을 가졌다 . 〔　　〕

③ 한국 보다 경제 발전을 하지 못한 나라 사람들만 귀화했다 . 〔　　〕

④ 귀화한 사람들은 한국을 너무 사랑해서 귀화했다 . 〔　　〕

3. 다음 질문에 대해 생각해 봅시다 . 請思考下列問題，並試著寫出自己的想法。

> 다른 나라에 가서 살면 어떨까요 ? 외국에서 살아 본 경험이 있습니까 ? 살아 보고 싶은 나라가 있
> 습니까 ?

範例 :

　다른 나라에 가서 산다는 것은 쉬운 일이 아니다 . 언어도 다르고 , 그 나라의 생활 습관과 사고 방식이 다르기 때문이다 . 하지만 외국에서 산다는 것은 새로운 것을 배울 수 있는 기회이기도 하다 . 나는 약 5 년 전 한국에 교환학생으로 가서 1 년 정도 살아본 적이 있다 . 언어가 달라서 한국 사람들에게 오해를 산 적도 있고 , 한국인들의 생활과 문화를 제대로 이해하지 못해서 실수를 한 적도 있다 . 하지만 이를 통해서 내가 살면서 배우지 못한 경험들을 했다 . 지금 돌이켜 보면 모두 소중한 추억이다 . 기회가 된다면 다시 한국에 가서 살고 싶다 .

歸化韓國籍的外國人超過 20 萬人，預估未來將會持續增加。

法務部公布，截至 2019 年 11 月 20 日，取得韓國籍的外國人累計超過 20 萬人。

第 20 萬名歸化者為來自泰國的 ChamshitongKrisda，曾任漢陽大學英文系教授。

來韓國之前，他曾任美國休士頓大學英文系教授。他說道：「我在偶然的機會下來到韓國，在當地生活久了，就喜歡上韓國的人和文化。」、「我想為韓國的學術發展和培育後進做出更多貢獻。」

據數據顯示，20 萬名歸化者來自 110 個國家。

隨著韓國經濟的快速發展，僅有東南亞等經濟發展相對不夠成熟的國家未歸化韓國籍。歸化韓國籍者大多是來自瑞士、瑞典、丹麥、荷蘭、德國、法國、美國、日本等先進國家的人民。

2011 年 1 月，歸化韓國籍的人數突破 10 萬人。截至 2000 年為止，每年平均增加 33 名歸化者，總歸化人數僅有 1484 人。

據消息指出，首位歸化韓國籍的人為台灣國籍持有者。1957 年 2 月 8 日，來自台灣的宋日昇成為首位歸化韓國籍的主角，也可以說是韓國政府成立九年以來，誕生的第一位歸化者。

정답 및 해설 答案與詳解

正確答案：**1.** ②　**2.** X, O, X, X

詳解：
1. 請參考內文第一段。

2.
① 文中並未提到與「韓流」有關的內容。

② 請參考內文最後一段。

③ 請參考內文第六段。

④ 文中並未提到有人因熱愛韓國而選擇歸化一事。

한국과 대만 ,
나란히 세계 야구 3 위와 4 위에 올라

韓國與台灣 ,
棒球世界排名列居第三和第四名

한국과 대만이 세계 야구에서 사이 좋게 3 위와 4 위에 올랐다 .

지난 17 일 세계야구소프트볼연맹이 (WBSC) 발표한 세계 야구 랭킹에서 한국과 대만은 일본 , 미국에 이어 각각 3 위와 4 위에 올랐다 .

한국과 대만은 각각 4622 점 , 4352 점을 받았다 .

WBSC 의 야구 랭킹은 최근 4 년 동안 국가대표팀의 성적이 반영된다 .

한국은 지난 11 월 프리미어 12 에서 준우승을 거둔 바 있다 . 일본이 이 대회에서 우승했다 .

멕시코 , 호주 , 네덜란드 , 쿠바 등이 5~8 위에 올랐다 .

이 순위는 2020 년 일본 도쿄 올림픽 야구 본선 조 편성의 토대가 될 것으로 알려졌다 .

어휘 詞彙

- 나란히 並排、平行地
- 오르다 上升
- 랭킹 [ranking] 排行、排名
- 이어 接著、隨即
- 국가대표팀 [國家代表 team] 國家代表隊
- 성적 [成績]
- 반영되다 [反映]
- 프리미어 12 [premiere 12] 世界棒球 12 強賽
- 준우승 [準優勝] 準冠軍、準決賽
- 거두다 贏得、獲取
- 우승하다 [優勝] 奪冠、勝出

- 멕시코 [Mexico] 墨西哥
- 호주 [濠洲] 澳洲
- 네덜란드 [Netherlands] 荷蘭
- 쿠바 [Cuba] 古巴
- 순위 [順位] 名次
- 도쿄 [Tokyo] 東京
- 올림픽 [Olympic] 奧運
- 본선 [本選] 決賽、資格賽
- 조 [組] 隊
- 편성 [編成] 編制
- 토대 [土臺] 基礎

문제 題目

1. 이 글의 중심 내용을 고르십시오 . 請選擇本文的重點。

① 야구 랭킹에서 한국과 대만이 나란히 3, 4 위에 올랐다 .

② WBSC 야구 랭킹은 믿을 수 있다 .

③ 일본이 야구를 제일 잘 한다 .

④ 한국은 프리미어 12 에서 준우승을 한 적이 있다 .

2. 이 글의 내용과 같으면 O, 다르면 X 표시하십시오 .
   如果與本文相同，則標記為 O；如果不同，則標記為 X。

① 대만이 일본보다 순위가 더 높다 . 〔　　〕

② 일본이 한국보다 순위가 더 낮다 . 〔　　〕

③ 야구 랭킹은 국가대표팀의 성적으로 나온다 . 〔　　〕

④ 대만과 한국은 세계에서 야구를 잘하는 편이다 . 〔　　〕

3. 다음 질문에 대해 생각해 봅시다 . 請思考下列問題，並試著寫出自己的想法。

> 좋아하는 운동이 있습니까 ? 무슨 운동을 좋아합니까 ?

範例：

　저는 야구를 좋아합니다 . 주말에 시간이 있으면 친구들과 함께 야구장에 가서 야구를 구경합니다 . 야구장에 가면 제가 좋아하는 팀의 경기를 구경하면서 큰 소리로 응원을 합니다 . 그러면 쌓인 스트레스도 확 풀립니다 .

　저는 요가를 좋아합니다 . 요가를 배운지 1 년이 되었습니다 . 일주일에 두 번씩 요가 수업을 듣고 있습니다 . 요가를 하면 몸이 가벼워질 뿐만 아니라 소화도 잘 됩니다 . 또한 요가는 집에서도 언제든지 할 수 있습니다 . 기분이 좋지 않을 때마다 집에서 음악을 틀어놓고 요가를 하면 기분이 좋아집니다 .

韓國與台灣在棒球世界排名中，剛好一前一後列居第三和第四名。

本月 17 日，世界棒壘球聯盟（WBSC）公布棒球世界排名，韓國與台灣分別排名第三和第四名，僅次於日本、美國。

韓國與台灣分別獲得 4622 分和 4352 分。

WBSC 的棒球排名反映出國家代表隊近四年的成績。

韓國曾在 11 月的世界棒球 12 強賽中晉級準決賽，該場比賽由日本隊獲勝。

5 到 8 名分別為墨西哥、澳洲、荷蘭、古巴。

據消息指出，2020 年日本東京奧運將以此排名為基礎，決定擁有參賽資格的棒球球隊。

정답 및 해설 答案與詳解

正確答案：**1.** ① **2.** X, X, O, O

詳解：
1. 請參考新聞標題。

2.
① 應改成「일본이 대만보다 순위가 더 높다 .（日本的排名高於台灣）」。

② 應改成「한국이 일본보다 순위가 더 낮다 .（韓國的排名低於日本）」。

③ 請參考內文第四段。

④ 韓國與台灣在棒球世界排名中排名第三、第四名，表示兩國的棒球實力佳。

정부 , 북한 초청장 없이 국민의 방북 검토
南韓政府研擬開放國民免邀請函訪北

한국 정부가 북한의 초청장 대신 비자만 받아도 방북 승인을 하는 방안을 검토 중인 것으로 알려졌다 .

앞서 문재인 대통령은 2020 년 신년사에서 남북 관광 협력을 강조한 바 있다 . 또한 북한 관광은 유엔 안전보장이사회의 대북제재 대상이 아니다 .

정부 관계자는 9 일 " 중국 여행사가 북한 방문 관광객을 모집할 때 북한이 한국인에게 비자를 내주지 않기 때문에 한국인 관광객을 받고 있지 않다 " 면서 " 북한이 입장을 바꿔 비자를 내주면 방북 승인을 내줄 수 있는 만큼 관련 사항을 준비하고 있다 " 고 밝혔다 .

정부는 북한이 비자 발급을 허용할 경우 실향민이나 이산가족의 개별 관광부터 우선 실시될 것으로 보고 있다 .

통일부는 북한 당국의 초청장이 있어야 방북을 허가해왔다 . 이는 교류협력법 시행령에 이러한 내용이 적시되어 있기 때문이다 .

일반인은 북한 초청장을 거의 받을 수 없었다 . 그렇기 때문에 북한 방문은 매우 제한적이었다 .

만일 초청장을 비자로 대체할 경우 일반인도 중국 여행사 등을 통해 비자를 받아 북한을 방문할 수 있게 된다 .

일각에서는 이를 두고 한반도는 여전히 분단국가이며 북한의 핵 문제가 해결되지 않아 안보적으로 긴장 상태가 지속되고 있다면서 북한을 방문한 국민의 안전을 보장하기 어렵기에 신중해야 한다는 우려의 목소리가 나왔다 .

어휘 詞彙

- 초청장 [招請狀] 邀請函
- 방북 [訪北] 訪問北韓
- 승인하다 [承認] 同意、批准
- 검토 [檢討] 研討
- 신년사 [新年辭] 新年賀詞
- 유엔안전보장이사회 [UN 安全保障理事會]
  聯合國安全理事會
- 대북제재 [對北制裁] 對北韓制裁
- 입장 [立場]
- 발급 [發給] 發放
- 실향민 [失鄉民] : 指失去家鄉的人
- 이산가족 [離散家族] 離散家屬
- 개별 [個別] 單獨
- 실시되다 [實施] 推行
- 허가하다 [許可] 批准、核准
- 제한적 [制限的] 受限的、有一定限制的
- 대체하다 [代替] 替換、取代
- 여전히 [如前 -] 依舊、仍然
- 안보 [安保] 安全保障
- 보장하다 [保障] 保證
- 신중하다 [慎重] 謹慎、審慎的
- 우려의 목소리 [憂慮 -] 擔憂聲

문제 題目

1. 이 글의 중심 내용을 고르십시오 . 請選擇本文的重點。

① 한국인이 북한에 가려면 비자를 받으면 된다 .

② 한국과 북한은 비자를 통해서 방문할 수 있다 .

③ 한국 정부는 북한과 잘 지내려고 한다 .

④ 한국 정부는 국민이 비자를 받고 북한에 갈 수 있는 방안을 추진하려고 한다 .

2. 이 글의 내용과 같으면 O, 다르면 X 표시하십시오 .
   如果與本文相同，則標記為 O；如果不同，則標記為 X。

① 한국인은 자유롭게 북한에 갈 수 있다 . [   ]

②북한인은 한국에 올 때 비자가 필요하다 . [   ]

③ 현재 한국인이 북한에 갈 때 북한의 초청장과 정부의 허가를 받아야 한다 . [   ]

④ 어떤 사람들은 비자만으로 북한을 방문하는 것에 신중해야 한다고 말했다 . [   ]

3. 다음 질문에 대해 생각해 봅시다 . 請思考下列問題，並試著寫出自己的想法。

> 북한에 여행을 간다면 어디에 가서 무엇을 해 보고 싶습니까 ? 말해 봅시다 .

範例：

　북한에 여행을 갈 기회가 생긴다면 평양의 대동강에 가 보고 싶다 . 대동강을 들으면 떠 오르는 것은 ' 봉이 김 선달 ' 이야기와 ' 대동강 맥주 ' 다 . 김 선달이라는 사람은 과거의 서울인 한양 물장수들에게 돈을 받고 대동강 물을 팔았다 . 또한 대동강 맥주는 그 맛이 좋기로 소문이 자자하다 . 그 곳에 갈 수 있다면 대동강 맥주를 마시면서 대동강을 감상해 보고 싶다 .

변역 中文翻譯

據消息指出，南韓政府正在研擬「無須持有北韓的邀請函，取得簽證即可獲准訪問北韓」的方案。

早前，文在寅總統在 2020 年發表的新年賀詞中強調南北韓的觀光合作。而赴北韓觀光並不在聯合國安全理事會對北韓制裁的範圍內。

政府相關人士表示：「由於北韓不允許發放簽證給韓國人，因此中國旅行社招攬赴北韓遊客時，會拒收韓國遊客。」、「若北韓願意改變立場，核發簽證，政府便會批准訪問北韓，同時著手進行相關項目。」

若北韓同意發放簽證，南韓政府考慮優先推動讓失鄉民和離散家屬以散客方式赴北探親。

南韓統一部表示：《南北交流合作法施行令》中明定相關規定，因此一直以來僅允許持有北韓當局核發邀請函者訪問北韓。

一般民眾幾乎難以取得北韓的邀請函，因此訪問北韓一事受到極大的限制。

若能以簽證代替邀請函，一般民眾便能透過中國旅行社取得簽證，順利訪問北韓。

對此引發部分人士的擔憂聲浪：「朝鮮半島仍處於分裂狀態，且北韓核武問題尚未解決，使得安全保障上持續處於緊張情勢。在難以保障赴北韓國民之安全的狀況下，應審慎考慮。」

정답 및 해설 答案與詳解

正確答案：**1.** ④　**2.** X, X, O, O

詳解：
1. 請參考內文第一段。

2.
① 根據第五、第六段的敘述，南韓人無法自由入境北韓。

② 文中並未提到與北韓人前往南韓有關的內容。

③ 請參考內文第五段。

④ 請參考內文最後一段。

정부 , 일회용품 사용 규제 대폭 강화

政府大幅提高免洗餐具使用限制

정부가 일회용품 사용에 대한 규제를 대폭 강화하기로 했다 . 환경부는 22 일 일회용품 사용을 줄이기 위한 중장기 단계별 계획을 논의해 수립했다고 밝혔다 .

이 계획에 따르면 , 2021 년부터 카페에서 일회용 플라스틱과 종이컵 사용이 금지된다 .

머그잔 등 다회용컵으로 대체할 수 있는 경우 업소에서 종이컵 사용을 할 수 없다 . 식당 , 카페 , 패스트 푸드점 등이 해당된다 .

2021 년부터는 소비자가 매장에서 머그잔 등에 담아 마시던 음료를 테이크아웃해 가져 가려면 비용을 추가로 지불해야 한다 .

' 컵 보증금제 ' 도 시행될 것으로 알려졌다 . 컵 보증금제는 소비자가 일회용 컵에 담아 음료를 구매할 경우 일정 금액의 보증금을 내고 구입을 하며 컵을 반환하면 보증금을 돌려받을 수 있는 제도다 .

포장 음식이나 배달 음식을 먹을 때 자주 사용하던 일회용 숟가락과 젓가락도 2021 년부터 사용할 수 없다 . 소비자는 필요할 경우 이를 사야 한다 .

백화점 , 쇼핑몰 , 대형 마트 등에서만 사용할 수 없는 비닐봉지에도 규제가 강화된다 . 2022 년부터 편의점 등 소매업에서도 사용할 수 없게 되며 2030 년까지 모든 업종에서 비닐봉지 사용이 금지된다 .

뿐만 아니라 숙박업소에서의 일회용품도 금지 대상에 올랐다 . 숙박업소는 서비스를 이유로 일회용 샴푸 , 린스 , 칫솔 , 면도기 등 위생용품을 제공해 왔다 . 2022 년부터 50 실 이상 숙박업소에서 일회용품 제공이 금지되며 2024 년에는 그 범위가 모든 숙박업소로 확대된다 .

어휘 詞彙

- 규제 [規制] 限制、管制
- 대폭 [大幅]
- 강화하다 [強化] 加強、提高
- 업소 [業所] 營業場所
- 머그잔 [mug 盞] 馬克杯
- 테이크아웃 [take out] 外帶
- 지불하다 [支拂] 支付
- 보증금제 [保證金制] 押金制度

- 담다 盛裝
- 일정 금액 [一定金額] 定額
- 반환하다 [返還] 歸還、退還
- 제도 [制度]
- 비닐봉지 [vinyl 封紙] 塑膠袋
- 업종 [業種] 行業
- 숙박업소 [宿泊業所] 旅宿業
- 확대되다 [擴大] 拓展

문제 題目

1. 이 글의 중심 내용을 고르십시오 . 請選擇本文的重點。

① 한국 정부는 2021 년부터 점차적으로 일회용품의 사용을 규제한다 .

② 한국인들은 일회용품을 많이 사용하고 있다 .

③ 모든 업소에서 일회용품을 제공할 수 없다 .

④ 일회용컵은 다회용컵으로 대체될 것이다 .

2. 이 글의 내용과 같으면 O, 다르면 X 표시하십시오 .
   如果與本文相同，則標記為 O；如果不同，則標記為 X。

① 한국 정부는 일회용품 사용을 줄이기 위한 계획을 발표했다 . [　]

② 한국인들은 일회용품 사용 규제 강화에 환영하는 입장을 보였다 . [　]

③ 호텔에서는 서비스를 이유로 위생용품을 제공해 오고 있다 . [　]

④ 2021 년부터 한국에서 테이크아웃 커피를 구매하면 비용을 더 내야 한다 . [　]

3. 다음 질문에 대해 생각해 봅시다 . 請思考下列問題，並試著寫出自己的想法。

> 여러분은 일회용품을 얼마나 사용하고 있습니까 ? 주로 사용하는 일회용품에는 무엇이 있습니까 ? 왜 사용합니까 ?

範例：

　내가 자주 사용하는 일회용품은 일회용 커피컵이다 . 나는 매일 아침마다 편의점에 들려 커피를 한 잔씩 사 마신다 . 그때마다 종이로 된 커피컵을 사용한다 . 편의점에서는 자기 컵을 사용하면 커피값을 깎아 주지만 난 컵을 가지고 다니지 않는다 . 무겁기 때문이다 . 환경을 생각하면 일회용 커피컵을 사용하면 안 된다는 것을 알지만 컵을 들고 다니자니 여간 귀찮은 일이 아니다 . 또한 내 컵을 들고 매번 커피를 마시려면 매번 깨끗이 씻어야 하는데 씻을 곳도 마땅하지 않다 .

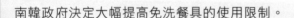

南韓政府決定大幅提高免洗餐具的使用限制。

環境部於 22 日宣布為減少免洗餐具之使用，已商討並擬定了中長期的階段性計畫。

根據該計畫，自 2021 年起，咖啡廳將禁用一次性塑膠製品和紙杯。

若營業場所內能以馬克杯等可重複使用之杯具替代時，則不可使用紙杯。該規定適用於餐廳、咖啡廳、速食餐廳等店家。

自 2021 年起，消費者欲將在店內以馬克杯盛裝的飲料改成外帶杯時，需支付額外費用。

據消息指出，政府也有意推動「飲料杯押金制」。「飲料杯押金制」指的是消費者購買飲料時，如欲盛裝於一次性飲料杯內，則需支付一定金額的押金。歸還飲料杯後，才能拿回押金。

吃外帶或外送食物時，經常會用到的免洗湯匙和筷子，自 2021 年起也不再提供。消費者如有需要，則須另行購買。

繼百貨公司、購物中心、大型超市後，將擴大塑膠袋限用範圍。自 2022 年起，便利超商等零售業也將禁用塑膠袋，最終預定於 2030 年，各大行業全面禁用塑膠袋。

除此之外，旅宿業也被納入列管對象。旅宿業者為服務旅客，通常都會提供洗髮精、潤絲精、牙刷、刮鬍刀等一次性盥洗用品。自 2022 年起，將禁止 50 間以上的旅宿業者提供一次性用品，預計將於 2024 年範圍擴大至所有旅宿業者。

정답 및 해설 答案與詳解

正確答案：**1.** ①　**2.** O, X, O, O

詳解：
1. 請參考內文第一段。

2.
① 本文為針對政府發布減少免洗餐具政策的報導。

② 本文並未提到韓國人對於政府實施該項政策的想法。

③ 請參考內文最後一段。

④ 請參考內文第四段。

한국인 남성 2 명중 1 명은 비만
韓國男性每 2 人就有 1 人過胖

한국인 남성 2 명 중 1 명이 비만인 것으로 나타났다 . 2018 년 보건복지부와 질병관리본부가 발표한 2018 년 국민건강영양조사에서 남성의 비만율은 51.4% 로 나타났다 . 이는 두 명중 한 명 꼴로 비만인 셈으로 전년보다 4.7% 증가했다 .

이러한 결과는 남성들의 생활 습관으로 인한 것으로 풀이된다 . 전문가들은 배달음식이나 편의점 음식에 의존하는 습관과 운동보다 게임을 선호하는 취미가 비만을 키운 것으로 분석했다 .

이러한 생활 습관으로 인한 비만은 젊은 남성들에게 고혈압 , 당뇨 등 만성질환을 유발할 가능성이 높아진다는 지적이 나온다 . 만성질환을 방치할 경우 심하면 심각한 합병증을 동반할 수도 있어 예방이 중요하다 .

특히 사회활동이 가장 활발한 시기인 30 대의 만성질환은 위험한 수준이다 . 이는 과도한 업무 , 잦은 술자리 , 스트레스가 주원인으로 알려져 있다 .

그러나 이러한 생활 습관을 반복하고 , 건강검진에 나타난 전조 증세를 무시하면 만성질환으로 악화될 수 있다 .

실제로 우리나라 30 대 이상 성인남녀 3 명 중 1 명은 대사증후군을 앓고 있다는 통계도 있을 만큼 30 대의 만성질환은 위험한 수준이다 .

전문가는 " 종합건강검진을 받은 사람 중 30 대 비중이 가장 높기는 하지만 현실적인 이유로 건강을 위한 생활습관을 지키지 못하는 경우가 많은 것으로 보인다 " 고 말했다 .

어휘 詞彙

- 비만 [肥滿] 肥胖
- 질병관리본부 [疾病管理本部]
- 영양 [營養]
- 배달음식 [配達飲食] 外送食物
- 의존하다 [依存] 依賴、依靠
- 선호하다 [選好] 偏好、鍾愛
- 고혈압 [高血壓]
- 당뇨 [糖尿] 糖尿病
- 만성질환 [慢性疾患] 慢性疾病

- 유발하다 [誘發]
- 방치하다 [放置] 放任、擱置
- 합병증 [合倂症] 倂發症
- 과도하다 [過度]
- 잦다 頻繁的
- 술자리 酒局
- 주원인 [主原因] 主要原因
- 대사증후군 [代謝症候群]
- 앓다 生病、罹患

문제 題目

1. 이 글의 중심 내용을 고르십시오 . **請選擇本文的重點。**

① 건강검진을 통해 만성질환을 예방할 수 있다 .

② 한국인 남성 2 명 중 1 명은 비만으로 나쁜 생활 습관에서 비롯됐다 .

③ 좋은 생활 습관을 갖지 않으면 만성질환에 걸린다 .

④ 30 대는 사회 활동이 많아 건강을 돌 볼 시간이 없다 .

2. 이 글의 내용과 같으면 O, 다르면 X 표시하십시오 .
如果與本文相同，則標記為 O；如果不同，則標記為 X。

① 한국인 남성의 비만은 두 명 중 한 명 정도된다 . 〔   〕

② 30 대의 만성질환의 원인은 집안일이 많기 때문이다 . 〔   〕

③ 한국의 30 대는 모두 건강검진을 받고 있다 . 〔   〕

④ 생활 습관 때문에 생긴 비만은 젊은 남성들에게 고혈압 , 당뇨 등을 유발할 수도 있다 . 〔   〕

3. 다음 질문에 대해 생각해 봅시다. 請思考下列問題，並試著寫出自己的想法。

> 비만을 예방하려면 어떻게 하는 것이 좋다고 생각해요합니까？

範例：

　나는 비만을 예방하기 위해서 규칙적인 운동과 올바른 식습관이 가장 중요하다고 생각한다. 바쁜 현대인들에게 규칙적으로 식사하고 시간을 내서 운동을 한다는 것은 쉽지 않다. 그렇기 때문에에 좋은 생활 습관을 기르는 것이 적합한 방법이라고 생각한다. 살을 빼려고 무조건 굶는 것은 좋지 않으며, 당분이 많이 들어간 음식은 피하고 과일이나 야채를 먹어야 한다. 또한 운동할 시간이 없는 사람이라면 일상 생활에서 활동량을 늘려야 한다. 핸드폰이나 텔레비전을 볼 시간에 공원을 산책한다거나 엘리베이터 대신 계단을 이용하는 것도 활동량을 늘리는 방법이다.

根據調查指出，韓國男性每 2 人就有 1 人過胖。2018 年韓國保健福祉部和疾病管理本部發布的 2018 年國民健康營養調查結果顯示，男性肥胖率為 51.4%，相當於每兩人就有一人過胖，與前年相比增加 4.7%。

這樣的結果可以解釋為是男性的生活習慣所致。專家們分析，習慣依賴外送或超商食物、以及興趣方面愛玩遊戲勝過運動，皆會助長肥胖的發生。

還有意見指出，對年輕男性來說，這類生活習慣所造成的肥胖，誘發高血壓、糖尿病等慢性疾病的機率越高。若放任不管，嚴重的話，也可能會伴隨併發症，因此預防是相當重要的。

尤其三十多歲的人，正處於社交生活最為活躍的時期，屬於慢性疾病之高危險群。據悉主要原因為工作過量、酒局頻繁、還有壓力所致。

然而，若持續這樣的生活習慣，對健康檢查中的前兆症狀視而不見，將可能惡化成慢性疾病。

統計結果也顯示，三十歲以上的成年男女，每三人就有一人罹患代謝症候群。實際上，此統計結果也反映出我國三十多歲的人屬於慢性病之高危險族群。

專家表示：「雖然三十多歲的人接受全身健康檢查的比例最高，但由於現實因素，大多仍無法維持有益健康的生活習慣。」

정답 및 해설 答案與詳解

正確答案：**1.** ②　**2.** O, X, X, O

詳解：
1. 請參考內文第一、第二段。

2.
① 請參考內文第一段。

② 第四段中提到三十多歲的人罹患慢性疾病的原因。

③ 文中並未提到三十多歲的人皆有接受健康檢查。

④ 請參考內文第三段。

바다의 반도체 ' 김 ',
2019 년 수산물 수출품목 1 위 등극

海中半導體「海苔」,
榮登 2019 年水產外銷品項第一名

한국 수산물 수출품 중에서 효자 품목으로 꼽히며 ' 바다의 반도체 ' 로 불리는 김이 수산물 수출 품목에서 1 위에 올랐다 .

해양수산부에 따르면 2019 년 한국의 김의 수출량은 2 만 6979 톤으로 수출액은 5 억 7956 만 2000 달러에 달했다 . 이로써 김은 수출액이 전년보다 10.3% 증가하면서 수산물 수출 1 위 품목에 등극했다 .

김 수출액이 2010 년 1 억 1000 만 달러였지만 매년 증가해 3 년 연속 5 억 달러 이상의 수출액을 기록하고 있다 .

전년도까지 수산물 수출액 1 위를 지키던 참치는 수출액이 7.3% 감소한 5 억 7000 만 달러에 그쳤다 . 2018 년 참치의 수출액은 6 억 2 천만 달러였다 .

해수부는 김이 수출 1 위를 줄곧 기록해온 참치를 뛰어넘은 것에 큰 의미가 있다고 봤다 . 해수부 관계자는 " 어업인이 직접 양식하고 가공하는 김은 유통 , 수출 등 모든 단계가 국내에서 이루어져 수출로 창출하는 부가가치가 대부분 국내로 귀속된다 " 고 강조했다 .

한국산 김은 일본 , 중국 , 미국 , 태국 , 러시아 , 독일 등 여러 나라에서 큰 인기를 끌고 있다 . 한국산 김이 저칼로리 건강 스낵으로 인식되고 있기 때문이다 . 해수부 관계자는 " 김이 한국에서는 밥 반찬과 김밥 등으로 알려져 있지만 해외에서는 건강식품으로 널리 알려져 있다 " 고 밝혔다 .

해수부는 2024 년까지 김 수출액을 10 억 달러 수준으로 끌어올릴 예정이다 . 해수부는 " 한국 김의 수요처를 전세계로 확대해 나가고 , 지속가능하고 친환경적인 김 생산 기반을 조성하는 데 힘을 쏟을 예정 " 이라고 밝혔다 .

해수부는 또 김스낵을 맥주 등 각종 술의 안주로 소비하도록 하는 ' 김●맥 프로젝트 ' 등의 이벤트도 적극 펼칠 계획이다 .

어휘 詞彙

- 반도체 [半導體]
- 수산물 [水産物] 水産品
- 수출 [輸出] 出口、外銷
- 효자품목 [孝子品目] 暢銷產品
- 수출량 [輸出量] 出口量
- 수출액 [輸出額] 出口額
- 등극하다 [登極] 登上、榮登
- 전년도 [前年度] 前一年度
- 그치다 停留、保持
- 줄곧 一直、接連不斷、不停地
- 뛰어넘다 超越、戰勝、突破
- 의미가 있다 [意味 -] 有意義的
- 어업인 [漁業人] 漁夫
- 양식하다 [養殖]
- 가공하다 [加工]
- 유통 [流通]
- 단계 [段階] 階段、步驟
- 이루어지다 達成、實現

- 창출하다 [創出] 創造出
- 부가가치 [附加價值]
- 귀속되다 [歸屬] 所屬
- 인기를 끌다 [人氣 -] 受歡迎、走紅
- 저칼로리 [低 calorie] 低熱量
- 스낵 [snack] 點心、零食
- 인식 [認識] 認知
- 널리 廣泛、大範圍
- 끌어올리다 提升、拉高
- 수요처 [需要處] 需求者
- 확대하다 [擴大] 開拓
- 지속가능하다 [持續可能] 可持續
- 친환경적 [親環境的] 環保的
- 기반 [基盤] 基礎、根基
- 조성하다 [造成] 形成
- 힘을 쏟다 致力、傾力
- 안주 [按酒] 下酒菜

문제 題目

1. 이 글의 중심 내용을 고르십시오 . 請選擇本文的重點。

① 김은 대중들에게 인기가 높은 식품이다 .

② 김이 참치를 제치고 수산물 수출 1 위 품목에 올랐다 .

③ 정부는 김과 관련된 상품을 홍보할 예정이다 .

④ 김은 한국 수출에 큰 영향을 미치고 있다 .

2. 이 글의 내용과 같으면 O, 다르면 X 표시하십시오.

如果與本文相同，則標記為 O；如果不同，則標記為 X。

① 김은 수산물 수출에서 큰 비중을 차지해 ' 바다의 반도체 ' 로 불린다. ( )

② 참치 수출액이 김 수출액보다 더 높다. ( )

③ 김을 생산하는 모든 단계가 한국에서 이루어진다. ( )

④ 김은 외국에서 밥 반찬으로 유명하다. ( )

3. 다음 질문에 대해 생각해 봅시다. 請思考下列問題，並試著寫出自己的想法。

> 여러분 나라의 먹거리 중에서 외국인들에게 사랑 받는 것이 무엇입니까 ? 그것이 왜 사랑 받는다고 생각합니까 ?

範例：

　우리나라 먹거리 중에서 외국인들에게 특별히 사랑 받는 것은 전주나이차 (珍珠奶茶) 라고 불리는 버블티라고 생각한다. 인터넷을 보면 우리나라를 다녀간 많은 외국인들은 버블티는 반드시 마셔야 하는 것이라고 추천한 것을 많이 본 적이 있다. 또한 해외에도 버블티 열풍이 불기도 했다. 뉴스에서 한국 , 일본 등에서 많은 사람들이 버블티를 마시기 위해 길게 줄을 섰다는 보도를 본 기억이 있다. 많은 사람들이 좋아하는 이유는 버블이 쫀득쫀득하기 때문인 것 같다. 또한 빨대를 이용해 버블을 빨아 들일 때 느껴지는 독특한 느낌도 버블티의 매력이라는 생각을 해 본다.

번역 中文翻譯

韓國出口的水產品當中，最暢銷的產品是被譽為「海中半導體」的海苔，在水產外銷品項中排名第一。

根據海洋水產部統計，2019 年韓國海苔的出口量為 2 萬 6979 噸，出口額達 5 億 7956 萬 2000 美元。海苔出口額較前年增加 10.3%，登上水產外銷品項第一名

雖然 2010 年海苔的出口額僅有 1 億 1000 萬美元，但是出口額逐年增加，同時創下連續三年超過 5 億美元的紀錄。

截至前一年為止，鮪魚仍穩居水產品出口額的冠軍寶座。隔年的出口額則減少 7.3%，僅達 5 億 7000 萬美元。而 2018 年鮪魚的出口額則為 6 億 2000 萬美元。

海洋水產部表示：能超越鮪魚多年來所維持的冠軍紀錄，具有極大的意義。海洋水產部相關人士強調：「海苔由漁民親自養殖並加工，再經流通、外銷等流程，全都於國內完成。因此外銷所創造的附加價值大多歸屬於國內。」

韓國產海苔在日本、中國、美國、泰國、俄羅斯、德國等多個國家都受到極大的歡迎，因為大眾對韓國產海苔的認知為一種低熱量的健康零食。海洋水產部相關人士表示：「雖然在韓國當地，海苔以配飯用的小菜和海苔飯捲聞名，但在國外，則被廣泛認為是一種健康食品。」

海洋水產部計畫於 2024 年以前，將海苔的出口額拉高至 10 億美元。海洋水產部表示：「預計將韓國海苔的需求範圍擴大至全世界，並致力於打造以永續發展與環保為基礎的方式生產海苔。」

海洋水產部也計畫積極展開「苔啤企劃（Kim Mac Project）」活動，標榜海苔零嘴適合買來作為啤酒等各種酒類的下酒菜。

정답 및 해설 答案與詳解

正確答案：**1.** ②　　**2.** O, X, O, X

詳解：
1. 請參考內文第一至第四段。

2.
① 請參考內文第一段。

② 海苔的出口額更高。

③ 請參考內文第五段。

④ 請參考內文第六段，當中提到國外將海苔視為一種健康食品。

결혼 후 남녀고용률 여전히 큰 격차 …실업률은 비슷

已婚男女就業率差距仍舊懸殊 …失業率則相差無幾

결혼 후 남녀 고용률의 격차가 크게 벌어진 것으로 나타났다.

통계청이 발표한 자료에 따르면 2018 년 배우자가 있는 여성의 고용률은 53.5% 로 배우자가 있는 남성의 고용률보다 27.6% 낮았다.

2018 년 미혼 여성의 고용률은 52.1% 였고 미혼 남성은 53.7% 로 비슷한 수준이었다.

하지만 전체 남녀 고용률의 격차는 줄어들고 있다. 2014 년 남녀간 고용률의 차이는 22% 에 달했지만 2018 년에는 19.9% 로 꾸준히 줄었다.

결혼 전 남녀 고용률이 비슷했다가 결혼 후 큰 차이를 보이는 것은 결혼 후 여성이 일을 포기한 경우가 많기 때문으로 풀이된다.

결혼한 남녀 고용률의 격차가 큰 이유로 여성의 경력단절이 꼽힌다.

2019 년 4 월 기준으로 15~54 세 기혼 여성 884 만 4 천 여명 중 경력단절 여성은 169 만 9 천여 명으로 19.2% 를 차지했다.

여성들은 경력단절의 이유로는 육아 (38.2%), 결혼 (30.7%), 임신 및 출산 (22.6%) 을 꼽았다.

경력단절은 취업하지 않은 사람 중에서 결혼, 임신 및 출산, 육아, 자녀교육 (초등학생) 등으로 인해 직장을 그만둔 것을 말한다.

고용률에서 성별에 따라 큰 차이를 보였지만 실업률에서는 비슷했다.

2018 년 남녀 실업률은 각각 3.9%, 3.7% 였으며, 결혼한 남녀의 실업률은 2.1%, 2% 로 비슷하게 나타났다.

실업률은 경제활동 인구 중 실업자가 차지하는 비율을 말하며 취업할 의사가 없는 ' 비경제활동인구 ' 는 제외된다.

어휘 詞彙

- 고용률 [僱傭率] 就業率
- 격차 [格差] 差距、差異
- 실업률 [失業率]
- 벌어지다 展開、出現
- 배우자 [配偶者] 配偶、伴侶
- 미혼 [未婚]
- 꾸준히 持續地、連續不斷地
- 꼽히다 被選為、被評為
- 연인 [戀人] 情侶

- 포기하다 [抛棄] 放棄
- 경우 [境遇] 情況、情形
- 풀이되다 解釋為、分析是
- 경력단절 [經歷斷絕] 工作年資中斷
- 육아 [育兒]
- 임신 [妊娠] 懷孕
- 출산 [出產] 生育、生下
- 인하다 [因 -] 因為、由於

문제 題目

1. 이 글의 중심 내용을 고르십시오 . 請選擇本文的重點。

① 결혼 전보다 결혼 후 남녀 고용률의 차이가 훨씬 크다 .

② 남녀 고용률은 비슷한 수준을 유지하고 있다 .

③ 여성의 경력단절은 남녀고용률의 격차가 큰 이유다 .

④ 여성 고용률보다 남성 고용률이 더 높다 .

2. 이 글의 내용과 같으면 O, 다르면 X 표시하십시오 .
如果與本文相同，則標記為 O；如果不同，則標記為 X。

① 배우자가 있는 남성의 고용률은 80% 이상이다 . 〔   〕

② 결혼 후 남녀고용률의 격차가 큰 이유는 여성의 경력단절 때문이다 . 〔   〕

③ 한국에서 기혼 여성의 경력단절은 20% 에 가깝다 . 〔   〕

④ 실업률도 고용률처럼 결혼에 따라 큰 차이가 난다 . 〔   〕

3. 다음 질문에 대해 생각해 봅시다. 請思考下列問題，並試著寫出自己的想法。

> 주위 사람들 중에서 경력단절을 경험한 사람이 있습니까?

範例:

　최근 한국에서는 육아휴직 등 여성들을 위한 제도가 많이 마련되고 있다. 하지만 사회에서 일을 하다 결혼한 여성들은 육아 등의 이유로 잠시 집을 떠났다가 직장을 구하고자 하는데 여간 쉬운 일이 아닌 것으로 보인다. 내 친구만 보더라도 결혼한 후 잘 다니던 직장을 그만뒀고 아이를 낳았다. 그 친구는 몇 년이 지난 뒤 일하던 업계에서 다시 직장을 구하고자 했으나 매번 실패의 쓴 맛을 봤다. 그 친구는 지원한 회사의 면접 시험에서 결혼했는데 일을 왜 하느냐는 질문도 받았다.

調查指出，已婚男女的就業率出現大幅差距。

根據統計廳公布的資料顯示，2018 年有配偶的女性就業率為 53.5%，其就業率低於有配偶的男性 27.6%。

2018 年未婚女性的就業率為 52.1%；未婚男性的就業率為 53.7%，兩者比率相近。

但是，總體男女就業率的差距正在縮小。2014 年，男女就業率差異達 22%；到了 2018 年，則一路縮小至 19.9%。

分析認為，男女就業率於婚前相近，婚後卻出現極大差距，是因為已婚女性多半選擇放棄工作的緣故。

已婚男女就業率差距懸殊的原因，被認為是女性工作年資中斷所致。

以 2019 年 4 月為基準，884 萬 4 千多名 15 到 54 歲的已婚女性當中，有 169 萬

9 千多名女性的工作年資中斷，比例佔 19.2%。

針對女性工作年資中斷的原因，包含育兒（38.2%）、結婚（30.7%）、懷孕及生產（22.6%）。

工作年資中斷者，指的是未就業者中，因結婚、懷孕及生產、育兒、教育孩子（至小學）等因素選擇辭掉工作的人。

若按性別區分，就業率雖然呈現極大的差異，失業率卻相差無幾。
2018 年男女失業率分別為 3.9% 和 3.7%，已婚男女的失業率則為 2.1% 和 2%，兩者比例相近。

失業率指的是經濟活動人口中，失業者所佔的比率，並將無就業意願的「非經濟勞動人口」排除在外。

정답 및 해설 答案與詳解

正確答案：1. ①　　2. 0, 0, 0, X

詳解：
1. 請參考內文前半段。

2.
①請參考內文第二段。2018 年有配偶的女性就業率為 53.5%，其就業率低於有配偶的男性 27.6%，表示有配偶的男性就業率超過 80%。

②內文第六段開始談及工作年資中斷。

③第七段中提到，已婚女性當中，工作年資中斷的女性占 19.2%，其比例將近 20%。

④請參考內文第十段。

중고거래 수익 ' 쏠쏠 '...
' 장사의 맛 ' 에 빠지다

二手交易收入可觀，
愛上「做生意的滋味」

서울에 거주하는 30 대 여성 A 씨는 올해 새로 이사하면서 그 동안 써온 물건을 처리할 방법을 찾던 중 모바일 중고거래 플랫폼 ' 당근마켓 ' 을 처음 알게 됐다 .

A 씨는 가스레인지 , 스타벅스 다이어리 등 여러 가지 다양한 물건을 다양한 가격에 팔았다 .

그 뒤로 그는 장사의 재미를 느끼기 시작해 행사 상품으로 받은 스마트폰과 공기청정기 등도 팔았다 .

그는 " 돈이 될 거라 생각하지 못했던 물건들을 하나둘 처분하며 돈 버는 재미가 쏠쏠하다 " 고 말했다 .

A 씨와 같은 중고거래 플랫폼 이용자들이 늘어나면서 중고거래 시장이 꾸준히 성장하고 있다 . 국내 최대 규모의 ' 중고나라 ' 의 2018 년 거래액은 2 조 8421 억 원이었고 , 올해는 3 조 5000 억 원에 달할 것으로 예상되고 있다 .

서용구 숙명여대 경영학부 교수는 " 경기 불황으로 줄어든 가처분소득을 보완하기 위해 쓸만한 제품을 팔아 수익을 내는 사람들이 늘고 있다 " 며 " 중고거래 플랫폼이 발달한 데다가 사람들이 중고거래를 트렌디한 소비로 생각하기 시작해 공급과 수요가 맞아떨어지고 있다 " 고 분석했다 .

* 가처분소득 : 개인이 마음대로 쓸 수 있는 소득

어휘 詞彙

- 처리하다 [處理]
- 모바일 [mobile] 手機版、行動 app
- 중고거래 [中古去來] 二手交易
- 사이트 [site] 網站
- 가스레인지 [gas range] 瓦斯爐
- 스타벅스 [Starbucks] 星巴克
- 다이어리 [diary] 日誌、日記本
- 스마트폰 [smart phone] 智慧型手機
- 공기청정기 [空氣清淨器] 空氣清淨機

- 하나둘 ――、接連
- 재미가 쏠쏠하다 享受樂趣
- 꾸준히 持續地、連續不斷地
- 규모 [規模]
- 거래액 [去來額] 成交金額
- 경기불황 [景氣不況] 經濟不景氣
- 트렌디 [trendy] 時尚、流行
- 맞아떨어지다 相符、吻合

문제 題目

1. 이 글의 중심 내용을 고르십시오 . 請選擇本文的重點。

① A 씨는 중고 물건 판매로 성공했다 .

② 중고 물건을 파는 일로 돈을 벌 수 있다 .

③ A 씨처럼 쓰던 물건을 팔아 소득을 올리는 사람들이 늘고 있다 .

④ 중고거래 플랫폼에는 아무거나 팔 수 있다 .

2. 이 글의 내용과 같으면 O, 다르면 X 표시하십시오 .
   如果與本文相同，則標記為 O；如果不同，則標記為 X。

① A 씨는 우연히 중고 물건을 샀다 . [　　]

② A 씨가 판 중고 물건은 인기가 없다 . [　　]

③ 전문가는 중고매매 시장의 수요와 공급이 잘 이루어지고 있다고 분석했다 . [　　]

④ 한국에서 중고거래 플랫폼은 상당히 발달한 편이다 . [　　]

3. 다음 질문에 대해 생각해 봅시다 . 請思考下列問題，並試著寫出自己的想法。

> 중고 거래를 해본 적이 있습니까 ? 어떤 물건을 팔아 봤습니까 ? 어떤 물건을 사 봤습니까 ?

範例：

　나는 중고 거래 사이트에 옷을 팔아본 적이 있다 . 사실 그 옷은 한 번도 입은 적이 없었다 . 인터넷 쇼핑몰에서 그 옷을 샀는데 받고 보니까 사이즈가 맞지 않고 색깔도 마음에 들지 않아서 팔기로 결심했다 . 반품이나 교환을 할까 생각도 해봤다 . 하지만 교환이나 반품을 위한 비용이 더 들겠다 싶어 그냥 팔아 버렸다 .

번역 中文翻譯

住在首爾的三十多歲女性 A 某，今年在搬家的過程中，尋找方法處理用過的物品時，初次接觸到手機版的二手交易平台「胡蘿蔔市場」。

A 某以各種價格，賣掉瓦斯爐、星巴克日誌等各式各樣的物品。

而後，她開始感受到做生意的樂趣，甚至賣出智慧型手機、和空氣清淨機等活動贈品。

她說道：「我從沒想過這些東西可以變成錢，一件件處理掉後，享受到賺錢的樂趣。」

隨著像 A 某一樣的二手交易平台用戶的增加，二手交易市場正在持續成長中。國內規模最大的平台「二手國家」，2018 年的成交金額高達 2 兆 8421 韓圜，預估今年將成長至 3 兆 5000 億韓圜。

淑明女大經營學院的徐龍具教授分析：「為補貼因經濟不景氣而減少的可支配收

入，有越來越多人賣掉還能使用的物品來增加收入。」、「二手交易平台的崛起，加上人們開始把二手交易視為一種時尚的消費方式，使得供給與需求相吻合。」

* 가처분소득 [可處分所得] ：可支配收入：個人可任意花用的收入

정답 및 해설 答案與詳解

正確答案：**1.** ③　**2.** X, X, O, O

詳解：
1. 本篇報導以某個人的故事為基礎延伸，並於文章最後由專家的採訪內容得出結論。

2.
① A 某賣掉二手物品。

② 文中並未提到 A 某認為二手物品不受歡迎。

③ 請參考內文第五段。

④ 倒數第二段提到二手交易正在成長。

한국인이 오래 사용하는 앱 ' 유튜브 '
…유튜브 즐기는 자녀를 둔 부모의 걱정

韓國人長時間使用「YouTube」應用程式
…沈迷於 YouTube 使家長擔憂

한국인이 오래 사용하는 앱은 유튜브로 알려져 있으며 유튜브의 사용시간도 부쩍 늘었다 .

와이즈앱은 2019 년 4 월 안드로이드 스마트폰 한국인 사용자 3 만 3 천 명의 총 사용시간을 분석했다 . 그 결과 , 한국인이 가장 많이 사용한 앱은 유튜브 , 카카오톡 , 네이버 , 페이스북 순으로 나타났다 .

전년도 조사에서도 순위는 같았다 . 하지만 주목할 점은 유튜브의 사용량이 다른 앱에 비해 급증했다는 것이다 . 2018 년 4 월 258 억 분이었던 유튜브 사용량이 1 년 뒤에는 388 억 분으로 50% 이상 늘었다 .

어린 자녀를 둔 부모들도 자녀들의 유튜브 시청에 걱정이 태산이다 .

초등학교 2 학년생 아들을 둔 아빠 40 대 A 씨는 아이가 유튜브를 볼 때 성인 콘텐츠를 볼 수 없도록 설정했지만 아이가 보는 영상에서 " 야동은 언제 봤냐 " 는 식의 질문이 나와 깜짝 놀랐다 . 결국 그는 아이가 휴대전화로 뭘 하는지 확인할 수 있는 감시 앱을 깔았다 " 고 밝혔다 .

40 대 엄마 B 씨는 초등학교 6 학년 딸이 폐가에 찾아가는 영상을 보고 친구들과 함께 동네 폐가에 가서 인증 사진까지 찍었다는 말에 기가 막혔다 . B 씨는 이후 아이의 휴대전화를 수시로 들여다보고 있다고 밝혔다 .

전문가는 " 영상 미디어 교육이 TV 에서 유튜브로 완전히 넘어갔다 " 며 " 유튜브가 나쁘다라고 하는 것은 아이들의 반발심만 일으킬 뿐 " 이라고 설명했다 . 그는 이어 아이가 즐겨보는 유튜브를 함께 시청하면서 수시로 토론하는 방식을 취해야 한다고 강조했다 .

어휘 詞彙

- 앱 [app] 應用程式
- 유튜브 [YouTube]
- 즐기다 喜愛、樂於
- 부쩍 猛然、一下子
- 늘다 增加、增多
- 안드로이드 [Android] 安卓
- 스마트폰 [smart phone] 智慧型手機
- 분석하다 [分析]
- 카카오톡 [KakaoTalk]：韓國人常用的通訊軟體
- 네이버 [Naver]：韓國最大入口網站
- 페이스북 [Facebook] 臉書
- 순 順序
- 전년 [前年] 前一年
- 순위 [順位] 名次
- 주목하다 [注目] 關注
- 점 [點]
- 사용량 [使用量]
- 급증하다 [急增] 劇增
- 어린 자녀 年幼子女、小孩
- 두다 放置、留
- 시청 [視聽] 收看
- 걱정이 태산이다 [- 泰山] 憂心忡忡
- 콘텐츠 [contents] 內容、主題
- 설정하다 [設定]
- 영상 [映像] 影像、影片
- 야동 色情片
- 깜짝 놀라다 大吃一驚、嚇一跳
- 결국 [結局] 最後、結果、最終
- 감시 [監視]
- 앱을 깔다 下載應用程式
- 폐가 [廢家] 廢棄屋
- 인증 [認證] 證明
- 기가 막히다 [氣 -] 莫名其妙、無話可說
- 수시 [隨時]
- 들여다보다 窺視、往裡看
- 반발심 [反撥心] 反抗心理、叛逆心理
- 일으키다 引起、掀起
- 방식 [方式] 形式
- 취하다 [取 -] 採取、採用

韓國人長時間使用的應用程式（單位：億分鐘）

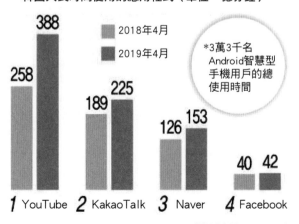

〈資料來源：WiseApp〉

117

문제 題目

1. 이 글의 중심 내용을 고르십시오 . 請選擇本文的重點。

① 아이들은 유튜브를 즐겨 본다 .

② 유튜브는 한국에서 인기가 가장 높다 .

③ 학부모들은 아이들이 유튜브로 나쁜 영상을 시청할까 봐 걱정하고 있다 .

④ 학부모들은 아이들이 유튜브를 보고 그대로 배운다고 생각한다 .

2. 이 글의 내용과 같으면 O, 다르면 X 표시하십시오 .
**　 如果與本文相同，則標記為 O；如果不同，則標記為 X。**

① 전문가는 학부모들이 아이들에게 유튜브를 못 보게 하는 것은 아이들의 반발심을 산다고 말했다 . 〔　　〕

② 유튜브를 보는 아이들은 부모의 말을 안 듣는다 . 〔　　〕

③ 학부모들은 아이들과 유튜브를 보면서 토론하려고 한다 . 〔　　〕

④ 한국인들의 유튜브 사용량은 늘었다 . 〔　　〕

3. 다음 질문에 대해 생각해 봅시다 . 請思考下列問題，並試著寫出自己的想法。

> 여러분은 휴대폰으로 동영상을 볼 때 어떤 앱을 사용합니까 ? 그 이유는 무엇입니까 ?

範例 :
　　저는 동영상을 볼 때 항상 유튜브를 사용합니다 . 유튜브는 전세계 이용자들이 가장 자주 즐겨 쓰는 동영상 플랫폼입니다 . 여러 가지 다양한 영상들이 올라와 있어 제가 원하는 다양한 정보를 찾아볼 수 있습니다 . 또한 텔레비전에서 하는 실시간 라이브 방송도 볼 수 있어서 텔레비전이 필요 없습니다 .

據消息指出，韓國人長時間使用的應用程式為 YouTube，觀看 YouTube 的時間也大幅增加。

WiseApp 於 2019 年 4 月分析韓國 3 萬 3 千名 Android 智慧型手機用戶的總使用時間，結果顯示，韓國人最常使用的應用程式排名依序為 YouTube、KakaoTalk、Naver、和 Facebook。

排名與前一年的調查結果一致。但是，值得關注的是，與其他應用程式相比，YouTube 的使用量有急遽增加的趨勢。2018 年 4 月 YouTube 的使用量為 258 億分鐘，一年後則增加為 388 億分鐘，成長超過 50%。

家中有年幼子女的父母，也對於子女觀看 YouTube 一事感到憂心忡忡。

40 多歲的父親 A 某有個就讀國小二年級的兒子，他表示：「明明已經設定成小孩在觀看 YouTube 時，會過濾含有成人內容的影片。但是小孩看的影片中卻跳出『什麼時候看了 A 片呢』的提問式廣告，害我嚇了一大跳。最後只好下載監控應用程式，確認小孩用手機做了些什麼。」

40 多歲的母親 B 某表示：「國小六年級的女兒說看到廢棄屋探險影片後，就約了朋友一起去社區內的廢棄屋，甚至還拍下認證照片。」這件事讓她覺得莫名其妙。事後，B 某便會隨時查看小孩的手機。

專家解釋道：「影像媒體教育已經完全從電視移轉至 YouTube」、「一味批評 YouTube 的不是，只會引起孩子的反抗心理。」

接著他還強調：「建議採取陪孩子一起看他喜歡看的 YouTube 影片，並隨時討論影片內容的方式。」

정답 및 해설 答案與詳解

正確答案：**1.** ③ **2.** O, X, X, O

詳解：
1. 請參考新聞標題。

2.
① 請參考內文最後一段。

② 文中並未提到孩子因而不聽父母的話。

③ 文中並未提到相關內容，僅出現在文末專家的建議中。

④ 請參考內文第三段。

직장 내 괴롭힘 , 이제 법으로 …하지만 실효성에 의문

職場反霸凌法 , 新法上路

2019 년 7 월 16 일 ' 직장 내 괴롭힘 금지법 ' 이 시행됐다 . 이 법안은 개정 근로기준법 제 76 조 다 .

' 직장 내 괴롭힘 ' 은 " 우월적인 지위를 이용해 다른 근로자에게 신체적 , 정신적 고통을 주는 행위 " 로 규정됐다 .

개정된 법안에서는 직장 내 관계에서 지위 ' 우위 ' 의 이용 여부 , 업무상 적정 범위의 초과 여부 , 신체적 , 정신적 고통을 주거나 근무 환경의 악화 여부 등이 직장 내 괴롭힘의 판단 기준이 된다 .

피해자가 회사에 신고하면 회사는 즉시 조사에 착수해야 한다 . 만일 회사가 신고자에게 불이익을 주면 3 년 이하 징역이나 3 천만 원 이하의 벌금에 처해진다 .

2017 년 국가인권위원회 실태조사에서 한국인 직장인 73.3% 가 괴롭힘을 겪은 것으로 나타났다 . 국무총리실이 조사한 설문에서는 10 명 중 9 명이 " 직장 갑질 문제가 심각하다 " 고 답했다 .

이번 법의 실효성에 대해 의문이 제기된다 . 법에서 정의한 내용이 모호하며 회사 사장 등이 하는 괴롭힘에 대해서는 구체적인 처벌 조항이 마련되지 않았기 때문이다 .

괴롭힘 금지법 시행 6 개월이 지난 뒤 민간 공익단체 직장갑질 119 가 실시한 설문조사에서는 직장 내 괴롭힘 금지법 시행 이후 직장 내 괴롭힘에 ' 변화가 없다 ' 고 응답한 사람이 60.8% 나 됐다 . 괴롭힘이 줄었다고 답한 사람은 39.2% 에 그쳤다 .

어휘 詞彙

- 괴롭히다 折磨、霸凌
- 금지법 [禁止法]
- 법안 [法案]
- 개정 [改正] 修訂
- 근로기준법 [勤勞基準法] 勞動基準法
- 우월적 [優越的] 優勢
- 지위 [地位]
- 근로자 [勤勞者] 勞動者、勞工
- 고통 [苦痛] 痛苦、煎熬
- 행위 [行為] 作為
- 규정되다 [規定]
- 우위 [優位] 優勢地位、有利位置、上風
- 여부 [與否] 能否
- 적정 [適正] 適度、適當、合理
- 초과 [超過]
- 악화 [惡化]
- 판단 [判斷]
- 기준 [基準] 標準
- 피해자 [被害者] 被害人
- 착수하다 [着手] 著手
- 신고자 [申告者] 申訴人、檢舉人
- 불이익 [不利益] 損害、損失
- 징역 [懲役] 徒刑
- 벌금 [罰金] 罰款
- 처하다 [處 -] 處以、判處
- 겪다 經歷
- 심각하다 [深刻] 嚴重的
- 실효성 [實效性]
- 의문 [疑問]
- 제기되다 [提起] 提出、指出
- 정의하다 [定義]
- 모호하다 [模糊] 難以捉摸的
- 구체적 [具體的]
- 처벌조항 [處罰條項] 罰則
- 시행 [施行] 實施、執行
- 변화 [變化] 變革、轉變

문제 題目

1. 이 글의 중심 내용을 고르십시오 . 請選擇本文的重點。

① 직장 내 괴롭힘 금지법이 시행됐지만 큰 변화가 없다 .

② 직장에서 괴롭힘은 사회적으로 큰 문제다 .

③ 한국 직장인들은 괴롭히기를 좋아한다 .

④ 직장 내 괴롭힘을 금지하는 법이 지정됐지만 구체적인 처벌 조항이 모호하다 .

2. 이 글의 내용과 같으면 O, 다르면 X 표시하십시오.

如果與本文相同，則標記為 O；如果不同，則標記為 X。

① 직장 내 괴롭힘은 우월한 지위를 악용했다. ( )

② 괴롭힘 금지법 시행 후 직장 내 괴롭힘은 사라졌다. ( )

③ 한국인의 대부분은 직장 내 괴롭힘이 심각하다고 생각한다. ( )

④ 회사는 직원이 괴롭힘을 당했다고 신고하면 바로 조사를 해야 한다. ( )

3. 다음 질문에 대해 생각해 봅시다. 請思考下列問題，並試著寫出自己的想法。

> 여러분은 직장에서 괴롭힘을 당한다면 어떻게 하시겠습니까?

範例：

　　만약 내가 직장에서 상사나 동료부터 괴롭힘을 당한다면 다니던 직장을 그만둘 것 같다. 괴롭힘을 당했다면 먼저 그 원인에 대해 생각을 하고 해결해보고자 노력할 것 같다. 그래도 불합리적인 괴롭힘이 계속 된다면 다니던 직장을 그만두고 다른 회사를 알아볼 것 같다. 계속 괴롭힘을 당한다면 심리적으로 불안해지고 업무의 효율도 떨어질 뿐만 아니라 일상 생활에도 크게 영향을 받기 때문이다.

번역 中文翻譯

2019 年 7 月 16 日實施《職場反霸凌法》，該法案為經修正的勞動基準法（第 76 條）。

按該法條規定，「職場霸凌」指的是「濫用優勢地位，加諸勞工身體、精神上痛苦之行為。」

修法後規定，在職場關係中，根據是否濫用其地位之優越性、超越業務合理範圍、

加諸身體和精神上痛苦、或使其工作環境惡化等作為職場霸凌的判斷標準。

如有被害人向公司申訴，公司必須立刻展開調查。如果公司對申訴人造成損害，將處三年以下有期徒刑、或 3 千萬韓圜以下罰金。

在 2017 年國家人權委員會的實況調查中，顯示有 73.3% 的韓國上班族曾遭受霸凌。國務總理室實施的問卷調查發現，10 人就有 9 人回答「職場欺壓問題嚴重」。

有人對該法的實效性提出質疑。因為條文內容定義模糊，又未對公司負責人等人之霸凌行為制定具體罰則。

《職場反霸凌法》施行六個月後，民間公益團體職場欺壓 119 針對《職場反霸凌法》施行後的職場霸凌狀況實施問卷調查，結果有 60.8% 的人表示「未感受到變化」，僅 39.2% 的人表示「霸凌行為有減少」。

정답 및 해설 答案與詳解

正確答案：**1.** ④　**2.** O, X, O, O

詳解：
1. 請參考新聞標題與內文第一、第六段。

2.
① 請參考內文第三段。

② 最後一段中提到，問卷調查結果顯示並未產生變化。

③ 請參考內文第五段。

④ 請參考內文第四段。

스키장 안전사고 주의보
滑雪場安全事故警訊通知

본격적인 스키철을 맞아 사고 발생이 우려되면서 행정안전부와 한국소비자원은 안전주의보를 발령했다고 19 일 밝혔다 .

행정안전부와 한국소비자원은 넘어지는 방법 등 기초 강습을 철저히 받고 사전에 충분한 준비 운동을 하는 한편 안전모 , 보호대 등 보호 장구를 착용하고 실력에 맞는 슬로프를 이용하는 등 스키장 이용시 안전수칙을 준수해줄 것을 당부했다 .

통계에 따르면 스키장 안전사고는 최근 다섯 시즌 동안 총 761 건이 발생했다 . 한 시즌은 스키장 운영시기에 따라 12 월부터 다음해 2 월까지다 .

2014~2015 시즌 , 2015~2016 시즌 , 2016~2017 시즌 , 2017~2018 시즌 , 2018~2019 시즌에발생한건수는 각각 145, 107, 240, 160, 109 건이었다 .

2017~18 시즌과 2018~19 시즌간 사고 269 건 중에서 스키장 이용 중 미끄러지거나 넘어져서 다친 사고가 249 건이나 됐다 .

상해 부위별로는 팔·손 96 건 (35.7%), 둔부·다리·발 75 건 (27.9%), 머리·얼굴 51 건 (18.9%), 목·어깨 31 건 (11.5%) 순으로 나타났다 .

증상별로는 골절이 121 건 (45.0%) 으로 가장 많았고 타박상 74 건 (27.5%) 이 그 뒤를 이었다 .

스키를 탈 때 정지하는 기술이 미흡하면 두 발이 벌어지면서 다리를 다칠 수도 있고 , 스노보드는 넘어질 때 손으로 바닥을 짚으면서 팔과 어깨 부위를 다칠 수도 있으므로 개인 보호 장구 착용이 필수적이다 .

어휘 詞彙

- 주의보 [注意報] 警報、警訊通知
- 본격적 [本格的] 正式的
- 스키철 [ski-] 滑雪季
- 우려되다 [憂慮] 擔憂
- 강습 [講習] 訓練
- 철저히 [徹底 -] 完全地
- 사전 [事前] 預先
- 안전모 [安全帽]
- 보호대 [保護帶] 護具
- 장구 [裝具] 裝備
- 착용하다 [着用] 穿戴
- 슬로프 [slope] 坡道、雪道
- 준수하다 [遵守]

- 당부하다 [當付] 叮囑、叮嚀
- 시즌 [season] 季節、時期
- 미끄러지다 滑到、打滑
- 둔부 [臀部]
- 상해 [傷害]
- 부위 [部位]
- 골절 [骨折]
- 타박상 [打撲傷] 擦傷
- 미흡하다 [未洽] 不足、不周
- 벌어지다 張開、展開
- 스노보드 [snowboard] 滑雪板
- 짚다 拄
- 필수적 [必須的] 必要、必備

문제 題目

1. 이 글의 중심 내용을 고르십시오 . 請選擇本文的重點。

① 스키를 탈 때 넘어지는 방법부터 배워야 한다 .

② 스키철이 다가오면서 스키장을 이용할 때 안전에 유의해야 한다 .

③ 스키장에서 발생하는 사고는 심각한 수준이다 .

④ 스키장 사고 중 미끄러지거나 넘어져서 다친 사고가 대부분이다 .

2. 이 글의 내용과 같으면 O, 다르면 X 표시하십시오 .
   如果與本文相同，則標記為 O；如果不同，則標記為 X。

① 스키장 사고는 해마다 증가하고 있다 . [   ]

② 스키장의 한 시즌은 약 3 개월이다 . [   ]

③ 스키장 사고는 골절과 타박상이 주류를 이룬다 . ﹝　﹞

④ 스키나 스노보드를 타다가 목 부위를 다치는 경우가 가장 많다 . ﹝　﹞

3. 다음 질문에 대해 생각해 봅시다 . 請思考下列問題，並試著寫出自己的想法。

> 여러분은 운동을 하다가 다친 경험이 있습니까 ? 이야기해 봅시다 .

範例：

　나는 고등학교 때 친구들과 농구를 하다가 손가락이 삔 적이 있다 . 친구가 던진 공을 잘못 잡아서 손가락이 삐었다 . 처음에는 괜찮을 거라고 생각하고 병원에 가지 않았는데 이틀 정도 지나니까 손가락이 부어 오르기 시작했다 . 결국 나는 병원에 갔고 , 의사선생님은 너무 늦게 왔다면서 내 손가락에 붕대를 감아줬다 . 당시 나는 손가락을 움직일 수 없어서 너무 불편했다 .

번역 中文翻譯

行政安全部和韓國消費者院為正式迎接滑雪季的到來，擔憂意外發生，便於 19 日發布安全警訊通知。

行政安全部和韓國消費者院叮嚀，要徹底接受摔倒方式等基礎訓練、預先進行充分的暖身運動，同時要遵守滑雪場使用安全守則，包含穿戴安全帽、護具等防護裝備、選擇與實力相符的雪道。

根據統計，在近五年的滑雪季，滑雪場共發生了 761 件安全事故。滑雪場的開放時間約為每年的 12 月至隔年 2 月。

2014 至 2015 年、2015 至 2016 年、2016 至 2017 年、2017 至 2018 年、2018 至 2019 年的滑雪季，意外發生的件數分別為 145、107、240、160、和 109 件。

2017 至 18 年和 2018 至 19 年的滑雪季共發生 269 件意外，其中約有 249 件意外是因為在滑雪場滑倒或摔倒受傷，依序為手臂和手部 96 件、臀腿部和足部 75 件、頭部和臉部 51 件、頸部和肩膀 31 件。

按受傷部位區分，依序為手臂和手部 96 件（35.7%）、臀腿部和足部 75 件（27.9%）、頭部和臉部 51 件（18.9%）、頸部和肩膀 31 件（11.5%）。

按症狀區分，有 121 件意外（45.0%）為骨折，比例最高。其次有 74 件意外為擦傷（27.5%）。

雙板滑雪時，若剎車技術不佳，便可能在兩腳張開過程中受傷；而單板滑雪摔倒時，若用手支撐地面，也可能導致手臂和肩部受傷，因此務必要穿戴個人防護裝備。

정답 및 해설 答案與詳解

正確答案：**1.** ③　**2.** O, O, X, O

詳解：
1. 請參考內文第一段。

2.
① 請參考內文第四段，滑雪場意外發生件數並非逐年增加。

② 請參考內文第三段。

③ 請參考內文第七段。

④ 第六段中提到手臂和手部受傷的情況最為常見。

Chapter 3

進 階 挑 戰

難度 3 到 5 顆星，挑戰韓語閱讀力。

한국은 커피공화국 ? 커피 소비량 지속 증가로 시장규모 세계 3 위

韓國有咖啡共和國之稱？咖啡消費量持續增加，市場規模世界第三

한국인의 커피 소비량이 꾸준히 증가하면서 커피전문점의 시장 규모가 세계에서 세 번째로 큰 것으로 알려졌다 .

KB 금융그룹이 발간한 KB 자영업 분석 보고서 ' 커피전문점 현황과 시장여건 ' 을 분석한 보고서에서 이같이 밝혔다 .

한국인의 커피 소비량은 1 인당 연간 353 잔 정도로 매년 소비량이 늘고 있다 . 세계 인구의 연간 1 인당 소비량은 132 잔이다 .

이에 따라 소비지출도 크게 증가한 것으로 나타났다 .

월평균 커피소비금액은 2014 년 7595 원이었지만 2018 년에는 1 만 5815 원으로 2 배 이상 증가했다 .

한국의 커피전문점은 2019 년 7 월 기준으로 7 만 1 천여 개로 집계됐다 .

경기도와 서울 지역에서 영업 중인 커피전문점이 전체의 41.2% 에 달한다 .

시군구로 보면 서울특별시 강남구에만 1739 개 , 경상남도 창원시 1420 개 , 경기도 수원시 1321 개 순으로 나타났고 , 인구 1000 명당 커피전문점수는 서울 중구 8.8 개 , 대구 중구 7.68 개 , 부산 중구 6.3 개로 많았다 .

한국은 커피 소비 대국이 되었다 . 한국커피전문점의 매출액은 2007 년 6 억 달러였지만 2018 년 43 억 달러로 급증했다 .

261 억 달러를 기록한 미국 , 51 억 달러에 달한 중국에 이어 세계 3 위다 .

한국의 총인구수가 5 천 181 만여 명임을 감안하면 미국 (3 억 2 천 900 만여 명) 에 비해서 1 인당 커피소비는 더 많은 것이다 .

어휘 詞彙

- 공화국 [共和國]
- 소비량 消費量、消耗量
- 지속 [持續]
- 시장규모 [市場規模]
- 꾸준히 持續地、連續不斷地
- 커피전문점 [咖啡專門店] 咖啡專賣店
- 금융그룹 [金融 group] 金融集團
- 발간하다 [發刊] 發行、出版
- 자영업 [自營業]
- 분석 [分析]
- 현황 [現況] 現狀
- 여건 [與件] 條件、前提
- 늘다 增加
- 달하다 [達] 達到
- 시군구 [市郡區]

- 강남구 [江南區]
- 경상남도 [慶尚南道]
- 창원시 [昌原市]
- 경기도 [京畿道]
- 수원시 [水原市]
- 순 順序
- 나타나다 出現、呈現、展現
- 중구 [中區]
- 대구 [大邱]
- 부산 [釜山]
- 대국 [大國] 強國
- 달러 [dollar] 美金、美元
- 급증하다 [急增] 劇增
- 감안하다 [勘案] 鑒於、考慮到

문제 題目

1. 이 글의 중심 내용을 고르십시오 . 請選擇本文的重點。

① 한국은 커피소비량이 적은 국가다 .

② 한국 사람들은 커피를 상당히 많이 마시는 것이 문제다 .

③ 한국인의 커피 소비가 늘어남에 따라 커피전문점의 시장 규모도 같이 증가했다 .

④ 한국인의 커피 소비에 비해서 커피 전문점의 시장이 큰 편이다 .

2. 이 글의 내용과 같으면 O, 다르면 X 표시하십시오.

　　如果與本文相同，則標記為 O；如果不同，則標記為 X。

① 한국 사람들이 1 인당 마시는 커피량은 세계 평균치보다 2 배 이상 높다. [　　]

② 한국인의 커피소비량의 증가는 커피전문점이 증가했기 때문이다. [　　]

③ 한국의 커피 전문점은 서울에 제일 많이 생겼다. [　　]

④ 한국 커피전문점의 매출은 미국과 비슷한 수준이다. [　　]

3. 다음 질문에 대해 생각해 봅시다. 請思考下列問題，並試著寫出自己的想法。

> 커피를 좋아합니까? 그 이유는 무엇입니까? 커피를 안 마신다면 그 이유는 무엇입니까?

範例：

　　저는 커피를 좋아합니다. 저는 아침마다 커피를 최소 한 잔은 마십니다. 커피를 마시면 정신이 맑아지고 집중도 잘 됩니다. 아침에 느끼는 커피의 향은 저에게는 소소한 행복이라고 할 수 있습니다. 또한 점심을 먹은 뒤에도 커피를 종종 마시는데 피로를 없앨 수 있기 때문입니다.

　　저는 커피가 체질에 맞지 않아서 커피를 마시지 않습니다. 저는 커피를 마시면 심장이 빨라지고 얼굴도 빨개집니다. 그리고 밤에 잠이 오지 않습니다. 저는 커피 대신에 물을 더 자주 마십니다. 찬물보다는 따뜻한 물을 더 자주 마시는데, 이는 따뜻한 물이 소화를 도와주기 때문입니다.

번역 中文翻譯

據消息指出，隨著韓國人的咖啡消費量持續增加，咖啡專賣店的市場規模居世界第三大。

KB 金融集團發行了《KB 自營商分析報告書》，當中分析「咖啡專賣店現況與市場條件」的報告內容如下。

韓國人的咖啡消費量約為每人每年 353 杯咖啡，每年都在增加。世界人口整年的

人均消費量為 132 杯咖啡。

消費支出也有大幅增加的趨勢。

2014 年，平均每月的咖啡消費金額為 7595 韓圜，但到 2018 年，則增加了兩倍以上，達 1 萬 5815 韓圜。

根據統計，以 2019 年 7 月為基準，韓國共有 7 萬 1 千多家咖啡專賣店。

於京畿道和首爾地區經營的咖啡專賣店占全國比例的 41.2%。

按市、郡、區劃分，首爾特別市江南區就有 1739 家、而後依序為慶尚南道昌原市 1420 家、京畿道水原市 1321 家。每一千名人口中，咖啡專賣店數量占最多的是首爾中區 8.8 家、大邱中區 7.68 家、釜山中區 6.3 家

韓國成為咖啡消費大國。2017 年，韓國咖啡專賣店的銷售額為 6 億美元，但到 2018 年，則暴增至 43 億美元。

排名僅次於創下 261 億美元紀錄的美國、以及達 51 億美元的中國，位居世界第三。

若考量到韓國的總人口數為 5 千 181 萬多人，其人均消費量遠高於美國（3 億 2 千 900 多萬人）。

정답 및 해설 答案與詳解

正確答案：**1.** ③　　**2.** O, X, X, X

詳解：
1. 請參考內文第一段。

2.
① 第三段中提到，韓國人的咖啡消費量為每人每年 353 杯咖啡，為世界平均值 132 杯咖啡的兩倍以上。

② 文中並未提到咖啡專賣店的數量增加，使得咖啡消費量也隨之增加。

③ 第七段中提到，京畿道和首爾的咖啡專賣店數量最多。另外，第八段中則提到，首爾市江南區的咖啡專賣店數量最多，仍無法得知首爾地區內的咖啡專賣店數量是否為韓國之冠。

④ 美國的咖啡銷售額為 261 億美元，韓國則為 43 億美元，兩國的銷售額相距甚遠。

서울특별시 강남구 하루 유입 인구 80 만 명
首爾市江南區單日流入人口 80 萬人次

서울특별시에서 유입인구가 가장 많은 구는 어디일까 ? 서울특별시에서 하루 유입인구가 가장 많은 곳은 강남구인 것으로 나타났다 .

2017 년 기준으로 서울에는 25 개의 자치구가 있다 .

2 일 한국 언론은 강남구의 하루 유입인구가 80 만 명으로 다른 24 개 자치구의 평균보다 약 3 배에 달한다고 전했다 .

통계청은 SK 텔레콤의 모바일 빅데이터를 활용해 지난 2018 년 11 월부터 2019 년 10 월까지 1 년간의 인구 유출입 현황을 집계해 최근 공개했다 .

통계에 따르면 강남구 주말 유입인구는 80 만 2330 명으로 집계됐다 .

유입인구가 두 번째로 많은 곳은 52 만 9750 명을 기록한 서초구였다 .

유입인구 3 위를 기록한 곳은 영등포구로 48 만 7653 명이었다 .

그 뒤로 중구 (43 만 5065 명), 송파구 (43 만 4065 명), 종로구 (40 만 3691 명), 마포구 (8 만 8921 명) 순이었다 .

유입인구가 적은 지역은 주로 강북 지역으로 나타났다 .

가장 적은 유입인구를 보인 곳은 도봉구 , 강북구 , 중랑구 순으로 각각 16 만 5644 명 , 17 만 131 명 , 18 만 7588 명을 기록했다 .

어휘 詞彙

- 강남구 [江南區]
- 유입인구 [流入人口] 進入人數
- 구 [區]
- 자치구 [自治區]
- 달하다 [達] 達到
- 통계청 [統計廳]
- 모바일 [mobile] 手機、移動通訊

- 빅데이터 [big data] 大數據
- 활용하다 [活用] 應用
- 유출입 [流出入]
- 현황 [現況] 現狀
- 순 順序
- 강북 [江北]
- 기록하다 [紀錄] 記載

문제 題目

1. 이 글의 중심 내용을 고르십시오 . 請選擇本文的重點。

① 서울특별시 25 개 자치구 중 강남구가 제일 살기 좋은 곳이다 .

② 서울특별시 강남구에 사람들이 많이 살고 있다 .

③ 서울특별시 강남구는 토요일 하루 80 만명이 오가며 유입인구가 가장 많은 곳으로 나타났다 .

④ 서울특별시 강남구는 유입인구가 가장 많아서 유명해졌다 .

2. 이 글의 내용과 같으면 O, 다르면 X 표시하십시오 .
　　如果與本文相同，則標記為 O；如果不同，則標記為 X。

① 강남구의 하루 평균 유입인구는 다른 24 개 자치구보다 3 배 정도 많다 . 〔　　〕

② 유입인구 통계는 통계청이 개발한 빅데이터 프로그램으로 집계됐다 . 〔　　〕

③ 사람들은 강북 지역에 가는 것을 좋아하지 않는다 . 〔　　〕

④ 서울에는 주말에 사람들이 많이 이동한다 . 〔　　〕

3. 다음 질문에 대해 생각해 봅시다 . 請思考下列問題，並試著寫出自己的想法。

> 유입인구가 많다는 것은 무엇을 의미할까요 ? 여행지나 회사가 몰려있는 지역은 유입인구에 따라 어떤 특성이 있을까요 ?

範例 :

　　유입인구가 많다는 것은 사람들이 특정 지역에 많이 들어온다는 것을 의미한다 . 여행지는 주말이나 공휴일에 유입인구가 많다 . 그래서 상권이 발달해 있다 . 하지만 주중에는 유입인구가 적다 . 그렇기 때문에 이 지역에서는 바가지 요금을 받는 경우도 벌어진다 . 회사가 몰려있는 지역의 경우는 평일 아침에 사람들이 유입되고 저녁이 되면 사람들이 빠져나가며 주말은 경우는 한산하다 .

首爾市流入人口最多的區域是哪裡？調查顯示，首爾市單日流入人口最多的地區為江南區。

以 2017 年為基準，首爾有 25 個自治區。

2 日韓國媒體報導，江南區的單日流入人口高達 80 萬人，較另外 24 個自治區高出三倍左右。

統計廳應用 SKTelecom 電信提供的手機大數據，統計 2018 年 11 月至 2019 年 10 日整年的人口流出與流入現況，並於近日公開。

根據統計，江南區週末（週六日）的流入人口共有 80 萬 2330 人。

流入人口第二多的地區為瑞草區，創下 52 萬 9750 人的紀錄。

流入人口排名第三的地區為永登浦區，人數為 48 萬 7653 人。

而後依序為中區（43 萬 5065 人）、松坡區（43 萬 4065 人）、鐘路區（40 萬 3691 人）、麻浦區（8 萬 8921 人）。

流入人口較少的區域主要為江北地區。

流入人口最少的地區依序為道峰區、江北區、中浪區，人數分別為 16 萬 5644 人、17 萬 131 人、18 萬 7588 人。

정답 및 해설 答案與詳解

正確答案：**1.** ③　**2.** O, X, X, X

詳解：
1. 請參考內文第一段。

2.
① 請參考內文第三段。

② 第四段中提到統計廳應用 SKTelecom 電信提供的手機大數據。

③ 文中並未提及相關內容。

④ 文中並未提及相關內容。

한국 10 대 인터넷 사용은
' 유튜브로 게임 보기 ' 가 대세
韓國青少年網路使用情形，
「用 YouTube 觀看遊戲直播」成潮流

한국의 10 대들이 정보검색을 위해 포털사이트보다 동영상 플랫폼을 더 많이 활용한다는 조사 결과가 나왔다 .

한국언론진흥재단이 조사한 '10 대 청소년 미디어 이용 조사 ' 결과에 따르면 10 대가 관심 또는 흥미 있는 주제가 있을 때 가장 많이 이용하는 경로로 온라인 동영상 플랫폼 (37.3%) 이 꼽혔다 .

포털·검색엔진과 소셜네트워크서비스 (SNS) 가 각각 33.6% 와 21.3% 의 응답을 얻으며 그 뒤를 이었다 .

이 조사는 초등학교 4 학년부터 고등학교 3 학년까지 2363 명을 대상으로 실시됐다 .

청소년들의 온라인 동영상 플랫폼 이용률은 87.4% 에 달해 10 명 중 9 명이 온라인 동영상 플랫폼을 이용하고 있는 것으로 나타났다 .

동영상 플랫폼을 이용하고 있다고 답한 이들 중에서 유튜브를 이용했다고 답한 청소년이 98.1% 에 달했다 . 네이버 TV 는 24.7%, V Live 는 15.7%, 트위치는 14.8% 로 집계됐다 .

이들이 동영상 플랫폼을 통해 시청하는 콘텐츠는 ' 게임 ' 이었다 . 동영상 플랫폼을 이용한다는 응답자는 최근 일주일간 이용한 콘텐츠에 대해 게임 (60.7%), TV 드라마·예능 (40.9%), 먹방·쿡방 (39.5%), 영화 (34.2%), 스포츠 (26.2%) 라고 답했다 .

이들이 즐겨 사용하는 인터넷 포털사이트는 네이버 (90.3%), 구글 (56.2%), 다음 (12.5%) 순이었고 , 메신저 서비스는 카카오톡 (92.5%), 페이스북 메신저 (56.1%), 인스타그램 다이렉트메시지 (20.0%), 소셜네트워크서비스 (SNS) 는 페이스북 (80.3%), 인스타그램 (61.0%), 트위터 (25.3%) 로 나타났다 .

어휘 詞彙

- 대세 [大勢] 潮流、流行趨勢
- 포털사이트 [portal site] 入口網站
- 동영상 [動映像] 影片
- 플랫폼 [platform] 平台
- 활용하다 [活用] 應用
- 미디어 [media] 媒體
- 경로 [經路] 途徑、管道
- 검색엔진 [檢索 engine] 搜尋引擎
- 온라인 [on-line] 線上
- 이용률 [利用率] 使用率
- 달하다 [達] 達到
- 콘텐츠 [contents] 內容、主題
- 먹방 (먹는 방송的縮寫) 吃播
- 쿡방 [cook 放] 烹飪節目
- 네이버 [Naver]
- 구글 [Google]
- 다음 [Daum]| 카카오톡 [KakaoTalk]
- 페이스북 [Facebook] 臉書
- 인스타그램 [Instagram]
- 다이렉트메시지 [directmessage] 私訊

문제 題目

1. 이 글의 중심 내용을 고르십시오 . 請選擇本文的重點。

① 10 대들은 게임을 좋아한다 .

② 10 대들이 이용하는 미디어는 동영상 플랫폼뿐이다 .

③ 10 대들은 동영상 플랫폼을 통해 게임 영상을 즐겨 본다 .

④ 10 대들에게 포털사이트는 인기가 없다 .

2. 이 글의 내용과 같으면 O, 다르면 X 표시하십시오 .
如果與本文相同，則標記為 O；如果不同，則標記為 X。

① 10 대 청소년들은 관심사가 생기면 포털사이트를 주로 이용한다 . ( )

② 동영상 플랫폼을 이용하는 10 대들에게 유튜브가 대세다 . ( )

③ 10 대들의 SNS 사용은 사회적으로 문제가 될 정도로 심각하다 . ( )

④ 카카오톡은 10 대들에게 가장 인기있는 메신저 프로그램이다 . ( )

3. 다음 질문에 대해 생각해 봅시다 . 請思考下列問題，並試著寫出自己的想法。

> 여러분은 인터넷을 이용해 어떤 동영상을 즐겨 보세요 ?

範例：

　저는 주로 유튜브로 뉴스와 지식이나 상식 관련 동영상을 봅니다 . 유튜브에서는 생방송으로 뉴스를 볼 수도 있고 지나간 뉴스도 찾아볼 수 있어서 좋습니다 . 또한 이용자가 많은 만큼 세계 여러 나라의 언론사들의 다양한 뉴스를 실시간으로 접할 수 있습니다 . 지식이나 상식 관련 동영상은 내가 알고 싶은 것이나 호기심이 생긴 것들을 알려줍니다 . 주로 전문가들이 알려주는 건강 지식에 관한 동영상을 시청합니다 .

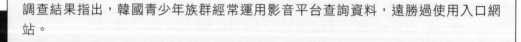

변역 中文翻譯

調查結果指出，韓國青少年族群經常運用影音平台查詢資料，遠勝過使用入口網站。

根據韓國媒體振興財團調查的「青少年媒體使用調查」的結果顯示，青少年碰到想關注、或感興趣的主題時，最常使用的管道便是線上影音平台（37.3%）。

緊接其後的是入口網站、搜尋引擎和社群軟體（SNS），比例分別為 33.6% 和 21.3%。

這是以 2363 名國小四年級至高中三年級的學生為對象實施的調查結果。

青少年族群使用線上影音平台的比例高達 87.4%，表示每十個人中，有九個人使用線上影音平台。

有使用影音平台習慣的青少年當中，高達 98.1% 的人回答有使用過 YouTube。另有 24.7% 人使用過 Naver TV、15.7% 的人使用過 V Live、14.8% 的人使用過

Twitch。

他們在影音平台上觀看的影片主題多屬「遊戲」。有使用影音平台的受訪者表示最近一週收看的影片主題為遊戲（60.7%）、電視劇、綜藝（40.9%）、吃播和烹飪節目（39.5%）、電影（34.2%）、體育（26.2%）。

而他們常用的網路入口網站為 Naver（90.3%）、Google（56.2%）、Daum（12.5%）；常用的通訊軟體為 KakaoTalk（92.5%）、Facebook 聊天室（56.1%）、Instagram 私訊（20.0%）；常用的社群軟體（SNS）為 Facebook（80.3%）、Instagram（61.0%）、Twitter（25.3%）。

정답 및 해설 答案與詳解

正確答案：**1.** ③　　**2.** X, O, X, O

詳解：
1. 請參考新聞標題。

2.
① 請參考內文第二段。

② 請參考內文第六段。

③ 文中並未提及相關內容。

④ 請參考內文最後一段。

' 한한령 ' 풀릴까
…중국인 단체관광객 대규모 한국 방문

禁韓令疑鬆綁
…陸客團大規模赴韓旅遊

한한령 [限韓令] 이후 대규모의 중국 단체 관광객이 한국을 연이어 방문하고 있다 .

13 일 한국관광공사는 겨울방학을 맞아 3500 명 규모의 중국 수학여행 단체가 서울 , 인천 , 대구 등을 4 박 5 일 일정으로 방문한다고 밝혔다 .

이들은 한국 학생들과 교류의 시간을 갖는 한편 한국 음식문화 체험 , 스키 , 공연 관람 등 다채로운 활동을 즐길 것으로 알려졌다 . 이번 중국 학생들의 수학여행은 최근 3 년간 단일 수학여행 단체로는 가장 큰 규모다 .

지난 7 일 중국 건강식품 제조판매회사 ' 이용탕 '[溢涌堂] 직원 5000 여 명이 인센티브 관광차 한국을 방문했다 . 한한령 이후 최대 규모의 단체 관광객이다 .

이들은 비행기 10 여 대에 나눠 타고 인천에 도착했으며 인천 송도국제도시에는 이용탕 거리도 생겼다 . 인천시는 이들의 방문으로 251 억 원의 경제 효과를 누릴 것으로 추산했다 . 이들은 5 박 6 일 동안 경복궁 , 롯데월드 , 민속박물관 , 인천 월미도 등 관광명소를 여행했다 . 이들이 사용한 숙소는 1120 실 , 이용한 관광버스도 134 대에 달했다 .

연이어 중국에서 단체 관광객이 방한하자 한한령이 해제될 것이라는 기대가 나온다 . 2017 년 3 월 중국은 한한령을 내려 한국행 단체 관광을 금지했다 . 이는 중국 정부가 한국의 사드 (THAAD, 고고도 미사일 방어체계) 배치에 대한 보복 조치였다 .

한국을 방문한 중국 관광객은 2016 년 806 만여 명에서 한한령 후인 2017 년에는 416 만 명으로 급감했다 . 하지만 2018 년 약 600 만 명 수준으로 돌아섰다 .

앞서 2016 년 중국 아오란국제미용그룹 [傲澜国际美容集团] 임직원 6000 명이 한국을 방문해 월미도 문화의 거리에서 치맥 파티를 벌여 화제가 된 바 있다 . 이들은 치킨 3000 마리 , 캔맥주 4500 개를 먹어 치웠다 .

어휘 詞彙

- 한한령 [限韓令] 禁韓令
- 연이어 [連 -] 接連、相繼
- 맞다 迎接、迎來
- 규모 [規模]
- 수학여행 [修學旅行] 畢業旅行
- 단체 [團體]
- 다채롭다 [多彩 -] 精彩豐富的
- 단일 [單一]
- 인센티브 [incentive] 獎勵
- 누리다 享有、取得
- 추산하다 [推算] 推測、預估
- 관광명소 [觀光名所] 旅遊景點

- 해제되다 [解除]
- 고고도미사일 [高高度 missile] 高空導彈
- 배치 [配置] 部署
- 보복 [報復]
- 조치 [措置] 措施、處置
- 급감하다 [急減] 銳減、驟降
- 수준 [水準] 標準、程度
- 돌아서다 轉折、回溫
- 치맥 （ 치킨＋맥주的簡稱） 雞啤
- 벌이다 舉行、舉辦
- 먹어 치우다 吃光、吃掉

문제 題目

1. 이 글의 중심 내용을 고르십시오 . 請選擇本文的重點。

① 중국인 단체 관광객들은 한국에서 돈을 많이 쓴다 .

② 한국에 중국인 단체 관광객이 연이어 방문하면서 한한령이 풀릴 것으로 기대된다 .

③ 한국을 방문한 중국인 관광객이 점점 증가하고 있다 .

④ 한국을 방문한 중국인들은 다양한 한국 문화체험을 즐긴다 .

2. 이 글의 내용과 같으면 O, 다르면 X 표시하십시오 .
如果與本文相同，則標記為 O；如果不同，則標記為 X。

① 한한령으로 한국을 방문하는 중국인 관광객이 늘었다 . [   ]

② 중국 학생들이 여름방학 때 수학여행을 올 예정이다 . [   ]

③ 과거 중국 단체관광객들은 한국에서 치맥 파티를 한 적 있다 . ( )

④ 이융탕 직원들의 방한은 엄청난 경제적 효과를 가져올 것으로 추산됐다 . ( )

3. 다음 질문에 대해 생각해 봅시다 . 請思考下列問題，並試著寫出自己的想法。

> 여러분은 단체여행을 좋아합니까 ? 자유여행을 좋아합니까 ?

範例 :

　나는 단체여행을 좋아한다 . 단체여행은 여러 명의 여행자가 단체항공권을 이용하기 때문에 항공권 요금이 비교적 저렴하고 차량 및 여행 가이드 비용을 여러 명이 나누어 낼 뿐만 아니라 관광지 입장료 등에서 단체할인을 받을 수 있기 때문이다 .

　나는 자유여행을 좋아한다 . 내가 직접 가고 싶은 곳 , 먹고 싶은 것들을 생각해보고 직접 여행 일정을 짤 수 있기 때문이다 . 또한 나는 조용한 여행을 좋아하기 때문에 비록 여러 명이 함께 떠나는 단체여행은 비용이 저렴하다고 해도 나한테는 적합하지 않다 .

번역 中文翻譯

禁韓令實施後，大規模的陸客團相繼赴韓旅遊。

13 日，韓國觀光公社表示，迎接寒假的來臨，將有規模達 3500 人的陸客團造訪首爾、仁川、大邱等地，進行為期五天四夜的畢業旅行。

消息指出，他們將與韓國學生進行交流，同時享受韓國飲食文化體驗、滑雪、觀賞表演等精彩豐富的活動。此次中國學生的畢業旅行為近三年來規模最大的畢旅團。

本月 7 日，中國保健食品製造零售公司「溢涌堂」獎勵 5000 多名員工赴韓旅遊。

這是繼禁韓令後規模最大的旅行團。

他們分別搭乘十餘台飛機抵達仁川，使得仁川松島國際都市裡形成一條溢涌堂街。仁川市預估他們的造訪將帶來 251 億韓圜的經濟效益。為期六天五夜的行程，他們走訪了景福宮、樂天世界、民俗博物館、仁川月尾島等觀光景點。其入住的房間數多達 1120 間、乘坐的觀光巴士也多達 134 輛。

隨著陸客團的接連造訪，許多人期待禁韓令能解除。2017 年 3 月，中國下達禁韓令，禁止團客赴韓旅遊。這是中國政府針對韓國部署薩德（THAAD，高空導彈防禦系統）所採取的報復措施。

2016 年，有 806 萬多名的中國遊客造訪韓國；2017 年實施禁韓令後，則銳減至 416 萬人。然而，到了 2018 年，又回升至 600 萬人左右。

早前，2016 年中國傲瀾國際美容集團的 6000 多名員工造訪韓國，在月尾島文化街上舉辦雞啤派對，一度蔚為話題。他們吃掉了 3000 隻炸雞和 4500 罐啤酒。

정답 및 해설 答案與詳解

正確答案：**1.** ②　　**2.** X, X, O, O

詳解：
1. 請參考內文第一、第六段，或由新聞標題推測。

2.
① 第七段中提到禁韓令實施後，造成中國遊客數量銳減。

② 請參考內文第二段，應將「여름 방학（暑假）」改成「겨울방학（寒假）」。

③ 請參考內文最後一段。

④ 請參考內文第五段。

2020 년 국가직 공무원 6110 명 선발
2020 年國家公務員選拔 6110 人

2020 년 국가직 공무원 선발 인원이 6110 명으로 확정되었다고 인사혁신처가 3 일 밝혔다 .

그중 9 급이 4985 명으로 가장 많았으며 , 7 급은 755 명 , 5 급은 외교관 후보자 50 명을 포함해 370 명이었다 .

황서종 인사혁신처장은 " 근로 , 산업안전 등 대국민 서비스를 수행할 전문 인력의 확보 필요성 , 청년 일자리 창출과 장애인•저소득•지역인재 등을 종합적으로 고려해 공채 선발 인원을 결정했다 " 고 밝혔다 .

황 처장은 또 " 대민 접점 현장에서 적극적인 자세로 봉사 정신과 전문성을 발휘할 수 있는 인재들이 지원하기를 바란다 " 고 당부했다 .

2020 년 공무원 공채 인원은 전년과 비슷한 수준이다 . 전년인 2019 년에는 6117 명이었다 .

전년도에는 9 급 공무원을 4953 명을 뽑았다 . 이에 20 만 2000 여 명이 지원했다 .

공무원 시험을 준비하는 이들은 " 대학 졸업장이 미래를 보장해주지 않기에 안정적인 길로 가고자 한다 ", " 은퇴할 때까지 걱정 없이 일할 수 있는 공무원이 최고의 직업이다 " 라고 입을 모았다 .

일각에서는 한국 젊은이들이 공무원 시험에 몰리는 이유에 대해 경제성장에 큰 기여를 해온 전자 , 자동차 , 조선 등에서 시장 상황이 악화되었고 , 세계적으로 경제성장이 둔화됐기 때문이라고 분석했다 .

어휘 詞彙

- 국가직 [國家職] 公職
- 선발 [選拔]
- 인원 [人員] 人數
- 확정되다 [確定]
- 후보자 [候補者] 候選人
- 근로 [勤勞] 工作、上班
- 대국민 [對國民] 為民
- 서비스 [service] 服務
- 수행하다 [遂行] 完成、履行、落實、執行
- 인력 [人力] 勞動力
- 확보 [確保]
- 필요성 [必要性]

- 일자리 就業機會
- 창출 [創出] 創造
- 장애인 [障碍人] 身障人士
- 저소득 [低所得] 低收入
- 지역인재 [地域人才] 地方人才
- 보장하다 [保障]
- 은퇴하다 [隱退] 退休
- 입을 모으다 異口同聲
- 몰리다 擁入、聚集
- 기여를 하다 [寄與] 做出貢獻
- 악화되다 [惡化]
- 둔화되다 [鈍化] 趨緩、變慢

문제 題目

1. 이 글의 중심 내용을 고르십시오 . 請選擇本文的重點。

① 공무원 시험은 국가에서 실시한다 .

② 정부는 능력 있는 사람들이 공무원에 지원하길 원한다 .

③ 공무원은 최고의 직업이다 .

④ 2020 년 공무원 선발 인원은 6110 명으로 발표됐다 .

2. 이 글의 내용과 같으면 O, 다르면 X 표시하십시오 .
如果與本文相同，則標記為 O；如果不同，則標記為 X。

① 2020 년과 2019 년의 공무원 공채 인원은 별 차이가 없다 . [　　]

② 공무원 시험을 응시하려는 사람들은 공무원이 안정적인 직업이라고 생각한다 . [　　]

③ 공무원 시험은 매우 어려운 시험이다 . [　　]

④ 많은 청년들이 공무원 시험에 응시하고 있다 . [　　]

3. 다음 질문에 대해 생각해 봅시다 . 請思考下列問題，並試著寫出自己的想法。

> 이상적인 직업이란 무엇이라고 생각합니까 ?

範例 :

　　많은 사람들은 이상적인 직업이라고 하면 의사처럼 돈을 잘 버는 직업을 떠올리기 마련이다 . 하지만 나는 이런 것보다 자신에게 가장 잘 맞는 직업이 이상적인 직업이라고 생각한다 . 세상에는 많은 직업들이 있지만 그 중에서 자신의 적성과 흥미에 맞는 직업을 찾는 것이 가장 중요하다고 생각한다 . 모든 일은 개인의 적성에 맞아야 오래할 수 있으며 , 아무리 힘들어도 어려움을 극복할 수 있다 . 만약 일이 적성에 맞고 흥미도 있다면 일이 일이 아니라 취미처럼 느껴질 것이라고 생각한다 . 게다가 적성과 흥미에 꼭 맞는 직업이 사회에 기여하는 정도가 크다면 더욱 이상적인 직업이 아닐까 싶다 .

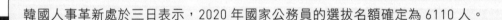

韓國人事革新處於三日表示，2020 年國家公務員的選拔名額確定為 6110 人。

當中九級公務員的名額最多，為 4985 人、七級公務員的名額為 755 人、五級公務員含外交官候選人 50 人在內的名額共 370 人。

人事革新處處長黃旭鍾表示：「有延攬願於工作、產業安全等方面為民服務的專業人才之必要，為年輕人創造就業機會，還有針對身障人士、低收入戶、當地人才的標準等，在多方考量下，決定公開招聘公務員」

黃處長補充道：「歡迎與民眾接觸時，能秉持積極態度，發揮服務精神和專業能力的人才前來報考。」

與前一年相比，2020 年公開招聘的公務員名額變化不大。去年（2019 年）的名額為 6117 人。

前一年共有 20 萬 2000 多人報考九級公務員，當中錄取了 4953 人。

準備公務員考試的人異口同聲表示：「大學畢業證書對未來沒有保障，所以想選擇一條更為安穩的道路。」、「公務員是最棒的工作，可以安安心心做到退休。」

有部分人士分析，韓國年輕族群之所以擠破頭想考公務員，是因為對經濟成長做出極大貢獻的電子、汽車、造船業等市場狀況惡化，以及全球經濟成長減緩所致。

정답 및 해설 答案與詳解

正確答案：**1.** ④　**2.** O, O, X, O

詳解：
1. 請參考新聞標題。

2.
① 請參考內文第五段。

② 請參考內文第七段中的訪談內容。

③ 文中並未提到公務員考試的難度。

④ 請參考內文第六段。

출고가 인하된 한국산 캔맥주 가격 떨어질까

韓國產罐裝啤酒出廠價格下調，售價是否跟著調降

2020 년부터 맥주와 막걸리에 대한 세금 부과 방식이 바뀌면서 국산 캔맥주 가격이 낮아질 지 관심이 쏠린다 .

한국 정부는 맥주와 막걸리에 대한 세금 부과 방식을 ' 종가세 ' 에서 ' 종량세 ' 로 전환하기로 했다 . 이는 주류의 세금을 주류 가격이 아닌 양을 기준으로 계산하는 것이다 .

2019 년까지 한국에서 생산된 맥주는 1 리터 (L) 당 평균 848 원의 주세를 냈지만 이번 정책으로 1L 당 830.3 원을 내게 된다 . 주세에 교육세 , 부가가치세를 더하면 국산 캔맥주의 세금은 L 당 415 원 낮아진다 . 하지만 병맥주와 페트맥주의 세금은 L 당 각각 23 원 , 39 원 높아진다 .

맥주 캔은 2017 년 기준 전체 맥주 소비의 24.14% 를 차지한다 .

한국 맥주 제조사 3 사가 출고가 인하 경쟁에 열을 올릴 지 주목된다 .

롯데주류는 종량세 도입으로 캔 맥주에 대한 출고가격을 낮췄다 . 롯데 주류는 캔맥주 500 ㎖ 기준으로 ' 클라우드 ' 는 1880 원에서 1565 원으로 , ' 피츠 ' 는 1690 원에서 1467 원으로 출고가를 내렸다 .

OB 맥주는 지난해인 2019 년 10 월 종량세 시행을 앞두고 카스 맥주 전 제품의 출고가를 평균 4.7% 내리고 2020 년 말까지 이 가격에 공급하기로 결정했다 .

하이트맥주 관계자는 " 하이트 맥주가 지난해 국내 맥주 제조사 3 사 중에서 유일하게 가격을 올리지 않았다 " 며 " 시장 상황을 보고 검토하겠다 " 고 밝혔다 .

제조사들이 종량세 전환을 출고가에 반영할 경우 대형마트 , 편의점 등에서 판매하는 캔 맥주의 가격은 떨어질 것으로 전망된다 .

어휘 詞彙

- 출고가 [出庫價] 出廠價格
- 인하되다 [引下] 降低、調降
- 캔맥주 [can 麥酒] 罐裝啤酒
- 떨어지다 下降
- 막걸리 馬格利酒
- 세금 [稅金]
- 부과 [賦課] 附加
- 방식 [方式]
- 관심이 쏠리다 備受關注
- 종가세 [從價稅]
- 종량세 [從量稅]
- 전환하다 [轉換] 轉變
- 주류 [酒類]
- 주세 [酒稅]
- 교육세 [教育稅]

- 부가가치세 [附加價值稅] 增值稅
- 병맥주 [瓶麥酒] 瓶裝啤酒
- 페트맥주 [PET 麥酒] 寶特瓶裝啤酒
- 더하다 更加、添加
- 인하 [引下] 降低、下降
- 열을 올리다 [熱 -] 熱衷、專注
- 도입 [導入] 採用
- 출고가격 [出庫價格] 出廠價格
- 공급하다 [供給] 供應
- 유일하게 [唯一]
- 상황 [狀況]
- 검토하다 [檢討] 探討、研究
- 반영하다 [反映]
- 전망되다 [展望] 預計

문제 題目

1. 이 글의 중심 내용을 고르십시오 . 請選擇本文的重點。

① 캔맥주는 인기가 높아서 출고가격이 떨어졌다 .

② 주세 방식이 바뀌면서 술값은 비싸질 것이다 .

③ 정부는 맥주와 막걸리에 부과하는 세금 방식을 바꿨다 .

④ 정부가 주류에 대한 세금 방식을 바꾸면서 캔맥주의 가격이 떨어질지 주목된다 .

2. 이 글의 내용과 같으면 O, 다르면 X 표시하십시오.

　如果與本文相同，則標記為 O；如果不同，則標記為 X。

① 한국인들은 막걸리보다 맥주를 더 좋아한다. 〔　　〕

② 맥주는 대부분 캔으로만 소비된다. 〔　　〕

③ 종량세는 주류 가격을 기준으로 세금이 부과되는 방식이다. 〔　　〕

④ 한국의 맥주 제조사들은 세금 정책이 바뀌면서 출고가격을 올렸다. 〔　　〕

3. 다음 질문에 대해 생각해 봅시다. 請思考下列問題，並試著寫出自己的想法。

> 여러분이 지금 맥주회사 사장님이라고 상상해봅시다. 세금이 낮아져 맥주를 제조하는 원가도 낮아졌습니다. 맥주 판매 가격을 낮추겠습니까? 그대로 유지시키겠습니까?

範例：

　만약 내가 맥주공장 사장인데 세금이 낮아져 제조 원가도 낮아진다면 소비자들에게 판매하는 가격도 낮출 것이다. 이러한 상황에서 제조 원가를 낮추지 않는다면 세금이 낮아진 것을 알게 된 소비자들이 회사에 불만을 갖게 될 것이다. 이러면 회사의 이미지도 나빠질 뿐만 아니라 다른 회사와의 경쟁에서도 살아남을 수 없다.

번역 中文翻譯

2020 年起啤酒和馬格利酒的課稅方式有所變動，國產罐裝啤酒是否會隨之調降價格，備受關注。

韓國政府決定將啤酒和馬格利酒的課稅方式，由「從價稅」改成「從量稅」制。也就是不再按照酒類價格課稅，而是改以容量計算。

截至 2019 年為止，韓國生產的啤酒每公升平均要繳納 848 韓圜的酒稅。而依據

這項政策，每公升則要繳納 830.3 韓圜的酒稅。酒稅加上教育稅、增值 後，國產罐裝啤酒的稅金每公升會減少 415 韓圜。但是，瓶裝啤酒和寶特瓶裝啤酒的稅金每公升則分別增加 23 和 39 韓圜。

以 2017 年為基準，罐裝啤酒占啤酒消費總量的 24.14%。

值得關注的是，韓國三大啤酒製造商是否將針對出廠價格展開削價競爭。

採用從量稅制後，樂天酒業調降了罐裝啤酒的出廠價格。樂天酒業以 500 的罐裝啤酒為基準，將「Kloud」的出廠價格從 1880 韓圜調降至 1565 韓圜、「Fitz」的出廠價格則從 1690 韓圜調降至 1467 韓圜。

OB 啤酒公司在去年 2019 年 10 月實施從量稅制前，便決定將 Cass 啤酒全品項的出廠價格平均調降 4.7%。並在 2020 年底前，皆以此價格供貨。

Hite 啤酒的相關人士表示：「Hite 啤酒是國內三大啤酒製造商中，唯一一家未調漲價格的公司。」、「往後將依市場狀況評估討論。」

改成從量稅制後，若製造商願反映在出廠價格上，預計大型超市、便利超商等處販售的罐裝啤酒將跟進降價。

정답 및 해설 答案與詳解

正確答案：**1.** ③　**2.** O, O, X, O

詳解：
1. 請參考內文第一段。

2.
① 文中並未提及相關內容。

② 第四段中提到，以 2017 年為基準，罐裝啤酒占啤酒消費總量的 24.14%。表示並非大部分的人都只購買罐裝啤酒。

③ 請參考內文第二段。從量稅制指的是以酒類容量為基準計算的稅收方式。

④ 文中並未提到啤酒製造商調漲出廠價格。

스마트폰 전자파 발생 , 기준치 초과하지 않았다
智慧型手機發出的電磁波，並未超出標準值

스마트폰에서 전자파가 발생한다는 논란이 계속되고 있는 가운데 스마트폰 제조사들에게 이런 논란의 부담을 덜어 줄 실험 결과가 나왔다 .

전자파의 세기가 강할 경우 인체에 유해한 영향을 줄 수 있어 보호 기준이 마련되어 있다 . 전자파에 장시간 노출될 경우 인체에 해로울 수 있기 때문이다 .

20 일 한국 언론들은 미국연방통신위원회 (FCC) 가 애플과 삼성전자의 스마트폰에서 나오는 전자파가 기준치를 넘지 않는다고 밝혔다고 미국 언론을 인용해 전했다 .

연방통신위원회는 전자파 흡수율 (SAR) 을 조사했다 . 전자파 흡수율은 노출된 전자파가 인체에 흡수되는 에너지량을 의미한다 .

애플의 아이폰 7, 아이폰 X, 아이폰 XS, 삼성전자의 갤럭시 S9, J3 등 다수의 스마트폰이 조사 대상이었다 .

스마트폰을 5~15 ㎜ 거리를 두고 측정했는데 , 그 결과 모든 제품의 전자파 흡수율은 기준치 (1.6W/kg) 를 초과하지 않은 것으로 나타났다 .

연방통신위원회는 " 실험 대상의 모든 휴대폰이 전자파 노출기준을 충족했다 " 며 " 최대 노출기준을 위반했다는 어떠한 증거도 찾을 수 없다 " 고 밝혔다 .

어휘 詞彙

- 전자파 [電磁波]
- 기준치 [基準値] 標準值
- 초과하다 [超過]
- 논란 [論難] 爭論、爭議
- 부담을 덜다 減輕壓力
- 세기 強度
- 인체 [人體]
- 유해하다 [有害]
- 마련되다 準備、安排

- 노출되다 [露出] 暴露
- 해롭다 [害 -] 有害的、危害的
- 흡수율 [吸收率]
- 에너지량 [energy 量] 能量
- 측정하다 [測定] 測量、檢測
- 실험대상 [實驗對象]
- 충족하다 [充足]
- 위반하다 [違反] 違背
- 증거 [證據]

문제 題目

1. 이 글의 중심 내용을 고르십시오 . 請選擇本文的重點。

① 논란이 된 스마트폰의 전자파를 없앨 수 있는 방법은 없다 .

② 전자파는 인체에 해로우므로 스마트폰을 멀리 해야 한다 .

③ 애플과 삼성이 제조한 스마트폰에서 나오는 전자파가 사람들을 걱정시켰다 .

④ 애플과 삼성이 제조한 스마트폰에서 기준치 이하의 전자파 흡수율이 나왔다는 실험 결과가 발표됐다 .

2. 이 글의 내용과 같으면 O, 다르면 X 표시하십시오 .
   如果與本文相同，則標記為 O；如果不同，則標記為 X。

① 스마트폰에서 나오는 전자파는 인체에 유해하므로 안심해도 된다 . [   ]

② 스마트폰에서 나오는 전자파는 기준치를 넘지 않으므로 전자파에 장시간 노출돼도 괜찮다 . [   ]

③ 애플과 삼성이 만든 스마트폰만이 전자파 때문에 논란의 대상이 되었다 . [   ]

④ 실험 대상이 된 모든 스마트폰이 전자파 기준치를 넘지 않았다 . [   ]

3. 다음 질문에 대해 생각해 봅시다 . 請思考下列問題，並試著寫出自己的想法。

> 전자파가 우리 몸에 좋지 않다고 알려져 있습니다 . 하지만 휴대폰은 이미 우리 생활의 한 부분을 차지하고 있는데요 . 휴대폰의 전자파 노출을 줄일 수 있는 방법은 없을까요 ?

範例 :

　휴대폰에서 발생하는 전자파는 아주 작게라도 나오기 때문에 지나친 노출은 인체에 나쁜 영향을 줄 것이다 . 이를 줄이기 위해서는 휴대폰으로 통화할 때 얼굴에서 조금 떼고 사용해야 좋다 . 전자파는 발생한 지점으로부터 멀리 떨어질수록 감소한다 . 휴대폰을 얼굴에서 5mm(밀리미터) 만 떨어뜨린 상태에서 사용하면 전자파 흡수율이 50% 감소된다는 전자파 실험 결과도 있다 . 또한 휴대폰으로 통화는 가급적 짧게 하고 가능하면 이어폰 마이크를 사용해 휴대폰을 머리로부터 멀리 떨어뜨려려야 한다 .

智慧型手機發出電磁波的爭議持續不斷，為此智慧型手機製造商進行實驗並得出結果，將減輕此項爭議帶來的壓力。

電磁波強度過高時，可能會對人體產生有害影響，因而制定了保護標準。原因在於長時間暴露於電磁波下，恐對人體有害。

20 日韓國媒體引用美國媒體的報導，指出美國聯邦通信委員會（FCC）聲稱蘋果和三星電子的智慧型手機發出的電磁波並未超過標準值。

聯邦通信委員會針對電磁波吸收率（SAR）進行調查。電磁波吸收率指的是釋放出的電磁波被人體所吸收的能量比率。

調查對象為蘋果的 IPhone7、IPhoneX、IPhone XS、三星電子的 Galaxy S9、J3 等多款智慧型手機。

將智慧型手機置於距離 5~15 ㎜處進行檢測，其結果顯示所有產品的電磁波吸收

率皆未超過標準值（1.6W/ kg）。

聯邦通信委員會表示：「實驗對象通通符合手機電磁波的暴露標準。」、「找不到任何證據證明有違反最大容許暴露標準。」

정답 및 해설 答案與詳解

正確答案：1. ④　2. X, X, X, O

詳解：
1. 報導前半段先針對背景說明，接著於第三段中闡述新聞重點。

2.
① 智慧型手機的電磁波對人體有害，因此制定保護標準。

② 文中並未提到只要電磁波未超過標準值，就可長時間暴露於該電磁波下。

③ 第五段中以蘋果和三星手機為例，提出多款被調查的手機，並無法得知是否只有蘋果和三星手機引發爭議。

④ 請參考內文最後一段。

삼성전자 , 3 나노 공정기술 세계 최초 개발
世界首創，三星電子研發 3 奈米製程技術

삼성전자가 세계 최초로 3 나노 공정기술 개발에 성공했다고 한국 언론들이 2 일 전했다 .

이로써 삼성전자는 2030 년 시스템반도체 분야에서 세계 1 위를 달성하겠다는 목표에 한걸음 다가섰다 .

2 일 삼성전자는 이재용 삼성전자 부회장이 자리한 가운데 3 나노 기술을 시연했다 .

이날 이재용 회장은 개발 성과를 보고 받는 자리에서 " 과거의 실적이 미래의 성공을 보장해 주지 않는다 " 면서 " 역사는 기다리는 것이 아니라 만들어 가는 것 " 이라고 강조했다 .

3 나노 반도체는 5 나노 반도체보다 칩 면적을 약 35% 이상 줄이고 소비전력도 50% 감소시키면서 처리속도는 약 30% 정도 향상시켰다 .

이에 따라 삼성전자는 파운드리 분야에서 경쟁업체인 대만의 TSMC 보다 기술 격차를 최소 1 년 이상 벌릴 것으로 기대하고 있다 .

앞서 TSMC 는 2020 년 5 나노 , 2022 년 3 나노 칩을 양산한다는 목표를 세웠다 .

하지만 삼성전자의 3 나노 칩 기술 개발로 TSMC 도 3 나노 칩의 양산 시기를 앞당길 것이라는 예상도 나온다 . 최신 공정을 적용한 칩의 양산이 빨리 이루어져야 관련 제품과 기업들의 물량을 따낼 수 있기 때문이다 .

삼성전자와 TSMC 의 기술 개발과 양산 경쟁은 더욱 치열해질 것으로 예상된다 .

어휘 詞彙

- 나노 [nano] 奈米
- 공정 [工程] 製程、流程
- 기술 [技術]
- 개발 [開發] 研發
- 시스템반도체 [system 半導體] 系統半導體
- 분야 [分野] 領域
- 달성하다 [達成] 實現
- 한걸음 一步
- 다가서다 靠近
- 자리하다 佔據、定位
- 시연하다 [試演] 示範、展示
- 실적 [實績] 業績
- 보장하다 [保障] 保證
- 칩 [chip] 晶片
- 면적 [面積]

- 소비전력 [消費電力] 功耗
- 처리속도 [處理速度]
- 향상시키다 [向上] 提升
- 파운드리 [foundry] 晶圓代工
- TSMC 台積電
- 격차 [隔差] 差距
- 벌리다 展開、擴大
- 양산하다 [量產]
- 시기 [時機]
- 앞당기다 提前、提早
- 적용하다 [適用] 採用
- 물량 [物量] 數量
- 따내다 爭取、爭奪
- 경쟁 [競爭]
- 치열하다 [熾烈] 激烈、劇烈的

문제 題目

1. 이 글의 중심 내용을 고르십시오 . 請選擇本文的重點。

① 3 나노 반도체는 5 나노 반도체 보다 앞선 기술이다 .

② 새로운 기술이 적용된 반도체일수록 주문량도 늘어난다 .

③ 역사는 기다리는 것이 아니라 만들어 가는 것이다 .

④ 삼성전자가 세계 최초로 3 나노 기술을 개발에 성공했다 .

2. 이 글의 내용과 같으면 O, 다르면 X 표시하십시오 .

    如果與本文相同，則標記為 O；如果不同，則標記為 X。

① 삼성전자의 반도체는 TSMC 와 경쟁하고 있다 . 〔   〕

② 이재용 삼성전자 부회장은 삼성전자 반도체가 최고라고 말했다 . 〔   〕

③ 5 나노 반도체가 3 나노 반도체보다 크기도 작고 속도도 빠르다 . 〔   〕

④ 반도체의 신기술 개발 경쟁은 더 심해질 것이다 . 〔   〕

3. 다음 질문에 대해 생각해 봅시다 . 請思考下列問題，並試著寫出自己的想法。

> 기술의 발달이 우리에게 어떤 영향을 끼친다고 생각합니까 ?

範例：

　　과학기술의 발달은 우리 인류 문명의 발전에 크게 기여했다고 생각한다 . 전염병과 같은 질병에 대해 원인을 찾고 새로운 치료법이 나와 사람들이 더 오래 살 수 있게 되었다 . 생명공학의 발달로 식량부족 문제를 해결할 수 있게 되었다 . 교통수단이 발달하면서 인간의 활동 범위는 넓어졌다 . 컴퓨터와 인터넷 기술의 발달로 사람들과의 거리는 더욱 가까워졌다 .

변역 中文翻譯

韓國媒體於 2 日報導指出，三星電子成功研發出世界首創的 3 奈米製程技術。

有鑑於此，三星電子距離達成 2030 年系統半導體領域世界第一的目標更進了一步。

2 日，三星電子於副董事長李在鎔在場的情況下，展示了 3 奈米技術。

當天李在鎔副董事長於研發成果展示現場表示：「過去的績效無法保證未來的成功」，同時強調：「歷史不能靠等待，而是創造出來的。」

與 5 奈米半導體相比，3 奈米半導體的晶片面積縮小約 35% 以上，功耗也減少 50%，處理速度則約提升 30% 左右。

三星電子期待在晶圓代工領域，能領先競爭對手台灣台積電的技術，拉開至少一年以上的差距。

早前，台積電已訂定目標於 2020 年量產 5 奈米晶片、於 2022 年量產 3 奈米晶片。

但是，也有人預測三星電子研發出 3 奈米晶片技術後，台積電 3 奈米晶片的量產時間有望提前。因為唯有盡快量產採用最新製程的晶片，才能爭取相關產品和企業的訂單。

預計三星電子和台積電的技術研發與量產之爭，往後將更加激烈。

정답 및 해설 答案與詳解

正確答案：1. ④　　**2.** O, X, X, O

詳解：
1. 請參考內文第一段。

2.
①請參考內文第六段。

②第四段中出現李在鎔副董事長所說的話，他並未提到自家半導體是最棒的。

③請參考內文第五段。當中提到與 5 奈米半導體相比，3 奈米半導體的晶片大小較小，處理速度也較快。

④請參考內文最後一段。

대학생 , 군입대 후 반년만에 숨져

大學生入伍半年後喪命

한 대학생이 군대에 입대한 뒤 6 개월 만에 숨져 논란이 되고 있다 .

2018 년 11 월 공군의 한 비행단에서 최모 일병 (23) 이 입대한지 6 개월 만에 숨진 채 발견 됐다 .

고려대학교 영어영문학과를 휴학하고 2018 년 5 월에 입대한 최씨는 부대 배치를 받은 후 주위에 " 간부 때문에 너무 힘들다 " 고 말해온 것으로 전해졌다 . 당시 최씨가 기록한 메모도 발견됐다 .

최씨의 지인들에 따르면 최씨는 직속 상관 A 소위로부터 " 일을 그런 식으로 하는데 무슨 휴가를 가 느냐 ", " 고려대학교 학생이 이것밖에 일을 못 하느냐 " 는 등의 질책을 계속 받아왔다고 한다 .

군 당국은 최씨가 ' 괴롭힘 ' 으로 극단적인 선택을 한 것으로 보고 있다 . 최씨의 유가족은 지난 2 월 A 소위와 B 중사 등 간부 2 명과 병사 1 명을 직권남용 , 협박 , 모욕 혐의로 고소했다 .

간부 2 명은 군사법원에 넘겨졌다 . 1 심 선고에서 A 소위는 벌금 200 만원을 , B 중사는 무죄 판결 을 받았다 .

2019 년 12 월 14 일과 17 일 고려대학교에는 최씨의 친구와 선후배들이 만든 대자보가 걸렸다 . 그 들은 고인의 죽음 뒤에는 군 간부의 협박과 폭언이 있었지만 가해자는 벌금 200 만원만을 선고 받 았다고 비판했다 .

학생들은 " 고인은 극심한 정신적 고통을 겪었다 " 며 고인은 피해 사실을 끊임없이 호소하고 도움 을 요청했지만 군 간부는 ' 신중함과 차분함을 유지할 것 ' 만을 권고했을 뿐 그 어떤 추가적인 조치 도 취하지 않았다고 주장했다 .

학생들은 또 " 군인이라는 신분은 인간의 기본적 권리와 존엄을 포기하는 걸 뜻하지 않는다 " 며 " 군형법을 개정해 모호하게 정의돼 있는 ' 가혹 행위 ' 의 기준을 명확히 하고 처벌 규정을 만들어야 한다 " 고 강조했다 .

공군은 " 적법한 절차와 방식에 따라 사건을 수사했다 " 며 " 이는 진행 중인 사안으로 자세한 사실 은 확인해줄 수 없다 " 고 답했다 .

어휘 詞彙

- 숨지다 死亡、喪命
- 비행단 [飛行團]
- 일병 [一兵] 一等兵
- 배치 [配置] 分配、安排
- 간부 [幹部]
- 지인 熟人、友人
- 직속 [直屬]
- 상관 [上官] 上司
- 소위 [少尉]
- 질책 [叱責] 斥責、批評
- 괴롭힘 欺負、霸凌
- 극단적 [極端的] 過度的
- 중사 [中士]
- 병사 [兵士] 士兵、軍人
- 직권남용 [職權濫用] 濫用職權
- 협박 [脅迫] 威脅、恐嚇
- 모욕 [侮辱]
- 혐의 [嫌疑] 涉嫌
- 1심 [一審]
- 벌금 [罰金] 罰款

- 판결 [判決]
- 가해자 [加害者] 加害人
- 고인 [故人] 死者
- 극심하다 [極甚] 極度的
- 신중함 [慎重 -] 謹慎
- 차분함 沈著、冷靜
- 유지하다 [維持] 保持
- 권고 [勸告] 勸說
- 추가적 [追加的] 額外的
- 조치를 취하다 [措置 取 -] 採取措施
- 존엄 [尊嚴]
- 모호하게 [模糊] 含糊地
- 가혹행위 [苛酷行為] 虐待行為
- 명확히 [明確] 清楚地
- 처벌 [處罰] 懲處
- 규정 [規定] 規則
- 적법하다 [適法] 合法的
- 절차 [節次] 程序、步驟
- 방식 [方式]
- 사안 [事案] 案件

문제 題目

1. 이 글의 중심 내용을 고르십시오 . 請選擇本文的重點。

① 한 대학생이 군대에 갔다가 숨진 사건이 논란이 되고 있다 .

② 한국에서 군생활은 쉽지 않다 .

③ 군인도 인권 보호가 필요하다 .

④ 최 일병의 지인들은 최 씨의 죽음에 대해 진상규명을 요구했다 .

2. 이 글의 내용과 같으면 O, 다르면 X 표시하십시오 .

   如果與本文相同，則標記為 O；如果不同，則標記為 X。

① 최 일병은 대학을 졸업하고 공군에 입대했다 . 〔   〕

② 최 일병의 유가족은 군대 간부들을 용서했다 . 〔   〕

③ 고려대학교 학생들은 최 일병의 죽음은 군에 책임이 있다고 주장했다 . 〔   〕

④ 최 일병은 간부들 때문에 힘들어했다고 지인들에게 말했다 . 〔   〕

3. 다음 질문에 대해 생각해 봅시다 . 請思考下列問題，並試著寫出自己的想法。

> 한국의 남자는 군대에 가기 싫어도 반드시 가야 하는 것이 현실입니다 . 군대에 가면 좋은 점이 뭐가 있을까요 ?

範例：

　현재 한국은 전쟁이 끝나지 않았다 . 휴전 중이다 . 또한 한국 남자는 국방의 의무가 법으로 규정되어 있다 . 엄격한 규율 속에서 단체 생활을 통해 조직에 대해 배울 수 있다 . 군대에서 경험하지 못한 것들을 경험하고 극한 상황에서 살아남는 방법을 배울 수 있다 . 이를 통해 생존 능력이 강해질 뿐만 아니라 " 할 수 있다 " 라는 자신감도 강해진다 .

번역 中文翻譯

某大學生入伍六個月後喪命引發爭議。

2018 年 11 月，空軍某飛行團一等兵崔某（23）入伍六個月後，被發現死亡。

消息指出，就讀高麗大學英文系的崔某，辦理休學後，於 2018 年 5 月入伍。他被分派至部隊後，一直向周邊的人表示「面對幹部讓他覺得很痛苦」。還發現當時崔某所記錄的筆記。

根據崔某的友人透露，崔某持續遭到直屬長官 A 少尉的指責，像是「把工作搞成這樣，還休什麼假？」、「高麗大學的學生連這點工作都做不好嗎？」等。

軍方當局認為，崔某因「霸凌問題」，做出了極端的選擇。今年 2 月，崔某的家屬以涉嫌濫用職權、威脅、侮辱為由，起訴了 A 少尉和 B 中士等兩名幹部與一名士兵。

兩名幹部被移交軍事法院。在一審判決中，A 少尉處以罰金 200 萬韓圜，B 中士則獲判無罪。

2019 年 12 月 14 日和 17 日，崔某的朋友、學長姐、和學弟妹於高麗大學內張貼自製大字報。他們批評在故人去世後，仍有軍隊幹部施以威脅與辱罵，加害人卻僅科處罰金 200 萬韓圜。

學生們主張：「故人遭受極大的精神痛苦。」、「他曾不斷地控訴受害事實，並尋求協助。卻只換來軍隊幹部對其勸告『要保持慎重和冷靜』，並未採取任何額外措施。」

學生們還強調：「身為軍人，不代表要放棄人類的基本權利和尊嚴。」、「應修訂軍事刑法，對當中定義模糊不清的『虐待行為』，明確訂定標準和處罰規範。」

對此空軍回答：「事件已遵循合法程序和方式進行調查。」、「對於正在進行中的案件，無法確認其詳細事實。」

정답 및 해설 答案與詳解

正確答案：**1.** ①　**2.** X, X, O, O

詳解：
1. 請參考內文第一段。

2.
① 第三段提到，崔一等兵為辦理休學後入伍。

② 第五段中提到，家屬起訴幹部和士兵。

③ 請參考內文第七段。

④ 請參考內文第三段。

정부의 반려동물 보유세 도입 검토 발표에 ' 갑론을박 '

政府研擬課徵寵物持有稅，消息引發各界爭論

한국 정부가 반려동물에 대해 보유세를 도입하는 방안을 검토하겠다고 밝혔다 . 정부가 반려동물에 대한 세금을 부과하겠다는 것은 이번이 처음이다 .

농림축산식품부는 '2020~2024 년 동물복지 종합계획 ' 을 발표해 2022 년부터 반려동물에 대한 보유세 또는 부담금 , 동물 복지 기금을 도입하는 방안을 검토하겠다고 밝혔다 .

반려동물 보유세가 등장한 배경에는 버려지는 유기동물이 매년 늘고 있기 때문이다 . 유기동물은 2014 년 8 만 1147 마리에서 2018 년 12 만 1077 마리로 증가했다 . 4 년 동안 약 50% 정도 증가한 셈이다 .

이에 따라 인터넷에서는 갑론을박이 시작됐다 .

반려동물 보유세에 반대하는 사람들은 " 세금을 피하기 위해 키우던 동물을 유기하는 사람이 많아질 것 " 이며 " 유기동물이 많아지면서 비용은 더 늘어나게 될 것 " 이라고 주장했다 . 이들은 또 " 세금은 소득이 있는 곳에서 거둬야 한다 " 며 " 반려동물을 통해 세금을 징수하는 것은 세금의 기본 정책에 반한다 " 고 주장했다 . 거둬 들인 세금이 투명하게 쓰일지에 대해서도 의문이 제기됐다 .

청와대 국민청원 게시판에는 ' 반려동물 보유세 추진을 절대 반대한다는 글이 올라왔다 . 이 글이 게시된 지 5 일 만에 1 만 7 천여 명이 동의했다 .

반면 , 반려동물에 대한 세금 부과에 찬성하는 사람들은 " 현재 유기동물 처리에 드는 비용을 반려동물이 없는 사람들까지 세금으로 부담하고 있다 " 며 " 불공정하다 " 고 주장했다 . 이들은 또 " 반려동물에 대한 세금 징수는 공공의 이익을 위해 쓰이므로 합당하다 " 고 주장했다 .

논란이 계속되자 농식품부는 중장기적으로 검토할 예정이라면서 반려동물 보유세 도입은 확정된 바가 없다는 입장을 밝혔다 .

아울러 2018 년을 기준으로 국내 반려동물 보유 가구 비율은 23.7% 에 달하며 이는 약 511 만 가구로 추정된다 . 그 중 개를 기르는 가구가 18%(507 만 마리), 고양이를 기르는 가구가 3.4%(128 만 마리), 기타 (토끼 · 새 · 수족관 동물 등) 3.1% 로 집계됐다 .

어휘 詞彙

- 반려동물 [伴侶動物] 寵物
- 보유세 [保有稅] 持有稅
- 검토 [檢討] 探討、研究
- 갑론을박 [甲論乙駁] 爭論不休
- 도입하다 [導入] 引進
- 방안 [方案]
- 부과하다 [賦課] 課賦、附加
- 농림축산식품부 [農林畜產食品部]
- 복지 [福祉] 福利
- 종합계획 [綜合計畫]
- 부담금 [負擔金]
- 기금 [基金]
- 등장하다 [登場] 出現
- 배경 [背景]
- 유기동물 [遺棄動物] 流浪動物

- 세금 [稅金]
- 소득 [所得] 收入
- 거두다 取得、獲取
- 징수하다 [徵收]
- 반하다 [反 -] 相反、違反
- 투명하다 [透明]
- 쓰이다 使用、利用
- 의문이 제기되다 [疑問 提起] 提出質疑
- 국민청원 [國民請願]
- 게시판 [揭示板] 公告欄
- 부담하다 [負擔]
- 불공정하다 [不公正] 不公平的
- 합당하다 [合當] 妥當的、合理的
- 수족관 [水族館]

문제 題目

1. 이 글의 중심 내용을 고르십시오 . 請選擇本文的重點。

① 한국인들은 반려동물로 개와 고양이를 가장 선호한다 .

② 늘어나는 유기동물은 주로 개와 고양이로 정부는 이로 인해 골치가 아프다 .

③ 한국 사람들은 반려동물 키우기를 즐긴다 .

④ 유기되는 반려동물이 늘어남에 따라 정부는 반려동물을 키우는 사람들에게 세금을 부과하는 방안을
검토 중이다 .

2. 이 글의 내용과 같으면 O, 다르면 X 표시하십시오 .

如果與本文相同，則標記為 O；如果不同，則標記為 X。

① 한국 정부는 반려동물의 주인들에게 세금을 부과하고 있다 . 〔　〕

② 유기동물이 해마다 증가하고 있기 때문에 정부는 반려동물 세금을 검토 중이다 . 〔　〕

③ 반려동물 도입세 검토는 대다수의 국민들로부터 환영 받고 있다 . 〔　〕

④ 반려동물 보유세 도입에 대해 찬성하는 이들은 반려동물을 키우지 않는 사람도 세금을 내고 있는 현재에 불공평하다고 생각한다 . 〔　〕

3. 다음 질문에 대해 생각해 봅시다 . 請思考下列問題，並試著寫出自己的想法。

> 반려동물을 키우면 장점과 단점은 무엇일까요 ? 여러분은 반려동물을 키우는 것에 찬성합니까 ?

範例：

　반려동물을 키웠을 때 장점은 사람에게 심리적인 안정감을 가져다 준다 . 사람의 온도는 36.5 도지만 개의 온도는 38.5% 다 . 개를 꼭 안았을 때 심리적으로 안정된다 . 또한 아이들의 교육에도 긍정적인 영향을 미친다 . 아이들이 반려동물과 함께 했을 때는 배려심은 물론 생명에 대한 소중함을 알게 된다 . 최근 저출산화로 외동아들 또는 외동딸을 둔 가정이 많아지고 있는 시기에 배려심은 꼭 필요하다고 본다 . 아이들뿐만 아니라 혼자 사는 노인들에게도 좋은 친구가 될 수 있다 . 하지만 반려동물을 키우려면 돈이나 넓은 집 등 경제적인 여유가 있어야 된다고 생각한다 . 그렇지 않으면 반려동물도 불쌍해질 수 있기 때문이다 .

번역 中文翻譯

韓國政府宣布將研擬對寵物課徵持有稅的方案，這是政府首次對寵物開徵稅金。

韓國農林畜產食品部發布「2020~2024 年動物福利綜合計畫」，當中表示將自 2022 年起，研擬課徵寵物持有稅、或負擔金、動物福利基金的方案。

寵物持有稅的出現，是因為遭遺棄的流浪動物數量每年都在增加。2014 年流浪

動物的數量為 8 萬 1147 隻，到 2018 年增加為 12 萬 1077 隻。相當於四年間約莫增加 50% 左右。

網路上對此展開激烈爭論。

反對寵物持有稅的人主張：「將會有越來越多人為了避稅，選擇棄養動物。」、「流浪動物的數量增多，花費也會隨之增加。」同時還主張：「應從收入來源徵收稅金。」、「透過寵物徵收稅金，違反稅收基本政策。」也對稅收用途是否秉持公開透明原則提出質疑。

青瓦台國民請願公告欄上，出現一篇題為「堅決反對推動寵物持有稅」的文章。該篇文章發布五天，就有 1 萬 7 千多人連署支持。

另一方面，贊成課徵寵物稅的人則主張：「目前由未飼養寵物的人，一同負擔流浪動物的處置費用，並不公平。」「徵收寵物稅的用途為的是公共利益，因此是合理的。」

隨著爭議持續不斷，農林畜產食品部表明立場，「計劃從中長期角度來研擬，尚未確定引進寵物持有稅。」

同時，以 2018 年為基準，國內家庭飼養寵物的比例達 23.7%，估計約有 511 萬戶。據統計，當中養狗的家庭占 18%（507 萬隻）、養貓的家庭占 3.4%（128 萬隻）、其他動物（兔子、鳥類、水族箱動物等）則占 3.1%。

정답 및 해설 答案與詳解

正確答案：1. ④　2. X, O, X, O

詳解：
1. 請參考內文第一段。

2.
① 目前正研擬課徵寵物持有稅。

② 請參考內文第三段。

③ 文章後半段論述贊成和反對者的相關意見。

④ 請參考內文第七段。

한국수출 10 년만에 두자릿수 마이너스
韓國外銷十年來首次呈兩位數跌幅

한국의수출이 10 년만에 두자릿수 마이너스를 기록했다 .

산업통상자원부는 2019 년 수출이 전년대비 10.3% 감소했다고 발표했다 . 수출액은 5424 억 1000 만 달러를 기록했다 .

연간 수출이 마이너스로 돌아선 것은 2016 년 이후 3 년만이다 . 2016 년 수출은 -5.9% 로 기록됐다 . -13.9% 를 기록한 2009 년 이후 두자릿수로 급감했다 .

마이너스 성장의 주요 원인은 반도체 값이 폭락한 데다가 미국과 중국간 무역분쟁으로 인해 중국 수출이 무너졌기 때문으로 분석된다 .

앞서 정부는 올해 수출이 연간 3% 성장을 기록할 것으로 내다봤다 .

이는 반도체 가격이 회복세로 돌아서고 미국과 중국의 무역분쟁이 사그라들어 수출이 다시 활력을 찾을 것이라는 기대에서 비롯됐다 .

하지만 전문가들은 글로벌 경기 불확실성으로 인해 반도체 수출의 회복 시점이 불투명한 데다가 미국과 중국의 무역 분쟁 결과도 예측할 수 없어 위기는 여전히 존재한다고 분석했다 .

국내 산업계도 반도체 , 자동차 , 석유화학 , 철강 등 핵심 품목의 올해 수출 반등 기대에 의문을 제기했다 . 자동차 , 석유화학 , 철강 등 반도체 외 수출 품목은 2019 년에도 큰 반등을 기대하는 것이 쉽지 않다는 분위기다 .

자동차 산업의 경우 글로벌 금융위기 직후인 2009 년 351 만대 생산 이후 10 년 만에 연간 400 만대 생산에 미치지 못하면서 자동차 부품 업계까지 타격을 입었다 .

어휘 詞彙

- 수출 [輸出] 出口、外銷
- 자릿수 [- 數] 位數
- 마이너스 [minus] 負數、負成長
- 기록하다 [記錄]
- 대비 [對比] 對照
- 돌아서다 轉折、回溫
- 급감하다 [急減] 銳減、驟降
- 주요 [主要]
- 반도체 [半導體]

- 폭락하다 [暴落] 暴跌、慘跌
- 무역분쟁 [貿易紛爭] 貿易糾紛
- 무너지다 崩塌、崩潰
- 내다보다 預估、展望
- 회복세 [回復勢] 恢復趨勢
- 사그라들다 減弱、消除
- 활력 [活力] 生命力、動力
- 비롯되다 源於、出於

문제 題目

1. 이 글의 중심 내용을 고르십시오 . 請選擇本文的重點。

① 세계 경제의 불확실성 때문에 한국 수출 성적이 나쁘다 .

② 나빠진 수출은 정부가 다시 살릴 수 있다 .

③ 한국의 수출은 나빠졌어도 회복할 기회가 많다 .

④ 한국 수출이 10 년 만에 두 자릿수 마이너스를 기록할 만큼 나빠졌다 .

2. 이 글의 내용과 같으면 O, 다르면 X 표시하십시오 .
   如果與本文相同，則標記為 O；如果不同，則標記為 X。

① 한국의 수출은 연간 3% 성장했다 . [　]

② 세계 경기는 불확실성이 존재한다 . [　]

③ 자동차 생산량이 줄어 부품 제조업체도 영향을 받았다 . [　]

④ 전문가들은 반도체 가격이 올라 수출 회복을 예상했다 . [　]

3. 다음 질문에 대해 생각해 봅시다 . 請思考下列問題，並試著寫出自己的想法。

> 여러분 나라에서는 경제 성장이 둔화되거나 경제 침체가 무슨 이유에서 온다고 생각합니까 ?

範例：

　한국 경제는 수출에 너무 의존하는 경향이 있다 . 또한 그 수출도 특정 국가와 특정 산업에 너무 치우쳐 있다는 것이다 . 한국의 수출은 중국에 엄청나게 의존을 하고 있다 . 2018 년 9 월 통계에 따르면 한국 전체 수출에서 중국의 비중은 27.1% 나 된다 . 또한 한국은 반도체 수출이 2018 년 8 월 기준으로 22.5% 에 달한다 . 그렇다 보니 중국이 경제가 어려우면 한국도 어려워지고 반도체 시장이 나빠지면 한국 경제도 영향을 받는다 .

번역 中文翻譯

韓國外銷十年來首次創下兩位數跌幅的紀錄。

產業通商資源部公布的數據顯示，2019 年外銷較前一年衰退 10.3%。外銷金額為 5425 億 1000 萬美元。

這是繼 2016 年後，三年來外銷首次呈現負成長，2016 年外銷衰退 5.9%。這也是繼 2009 年創下降幅 13.9% 的紀錄後，再次出現兩位數的大幅衰退。

根據分析，出現負成長的主要原因為半導體價格暴跌，加上中美間的貿易糾紛導致中國出口崩潰。

早前政府預估今年的外銷成長率可達 3%。

這是基於對半導體價格回升、中美貿易糾紛趨緩、以及外銷重回過往活力的期待，而做出的結論。

然而，有部分人士分析，由於全球經濟的不確定性，使得半導體外銷恢復正常的時間點並不明朗，加上無法預測中美間貿易糾紛的結果，因此危機仍舊存在。國內產業界也對於半導體、汽車、石油化學、鋼鐵等外銷重點品項今年有望回溫的期待提出質疑。汽車、石油化學、鋼鐵等半導體以外的外銷品項，2019 年也難以期待出現大幅反彈趨勢。

從汽車產業來看，自全球金融危機爆發後，2009 年的汽車產量為 351 萬輛，而後十年來的年產量皆未達 400 萬輛，使得汽車零組件產業也遭受重創。

정답 및 해설 答案與詳解

正確答案：**1.** ④　　**2.** X, O, O, X

詳解：
1. 請參考內文第一段。

2.
① 文中並未提到相關內容。第五段中提到的 3%，為今年外銷成長率預估數值。

②請參考內文第七段。

③ 請參考內文最後一段。

④ 第六段中提到，政府預測外銷可望好轉。

한국 성차별 등 인권문제 심각…
" 북한 , 세계에서 가장 억압적인 나라 "

韓國性別歧視等人權問題嚴峻…
北韓則為世界上最壓抑的國家

세계 인권단체 휴먼라이트워치는 '2020 년 연례보고서 ' 에서 한국 , 미국 , 중국 , 일본 , 러시아 등 95 개국의 인권 상황을 분석했다 .

보고서에 따르면 , 한국에서 취약계층에 대한 차별이 심각할 수 있다고 분석했다 .

휴먼라이트워치는 " 여성에 대한 차별이 널리 퍼진 상태 " 라며 " 성 역할에 대한 고정관념이 강하며 정부가 오히려 이를 강화시킨다 " 고 꼬집었다 .

인권단체는 사회 고위직일수록 여성의 비중이 작고 , 성별에 따른 임금 격차도 존재한다고 했다 . 인권단체는 그러면서 영국 언론 이코노미스트가 지난해 3 월 발표한 ' 유리천장 지수 ' 에서 경제협력개발기구 (OECD) 29 개 회원국 중 최하위에 올랐다고 전했다 .

휴먼라이트워치는 북한에 대해서 " 세계에서 가장 억압적인 나라 중 하나 " 라고 일침을 가했다 .

인권단체는 "3 대 세습을 이어오고 있는 김씨 왕조의 김정은은 사형 , 구금 , 강제노동을 이용해 공포스러운 통치를 하고 있다 " 면서 국민들의 해외 이동과 연락도 엄격하게 금지하고 있다고 지적했다 .

인권단체는 " 북한이 그 어떠한 반대도 용납하지 않는다 " 며 " 독립언론 , 시민단체 등을 금지하고 있으며 표현의 자유 , 집회 결사의 자유 , 종교의 자유 등 기본적 인권을 막고 있다 " 고 평가했다 .

인권 단체는 한국 정부가 새로운 남북관계를 만들어 가고 있는 가운데 북한 인권 상황에 대해서는 명확한 입장을 내놓지 않고 있다고 지적했다 .

어휘 詞彙

- 성차별 [性差別] 性別歧視
- 인권문제 [人權問題]
- 억압적 [抑壓的] 壓抑的
- 러시아 [Russia] 俄羅斯
- 상황 [狀況]
- 분석하다 [分析]
- 취약계층 [脆弱階層] 弱勢族群
- 차별 [差別] 歧視
- 심각하다 [深刻] 嚴重、嚴峻的
- 널리 大範圍、廣泛地
- 퍼지다 擴展、傳播
- 역할 [役割] 角色
- 오히려 反而、倒不如
- 강화시키다 [强化] 增強、提高
- 꼬집다 揭露、挑出
- 고위직 [高位職] 高層
- 비중 [比重] 比例
- 임금격차 [賃金格差] 薪資差距
- 유리천장지수 [琉璃天障指數] 玻璃天花板指數
- 경제협력개발기구 [經濟協力開發機構] 經濟合作暨發展組織
- 최하위 [最下位] 排名墊底
- 일침을 가하다 [一鍼 加] 抨擊、痛斥

- 세습 [世襲]
- 이어오다 持續、延續
- 왕조 [王朝]
- 사형 [死刑]
- 구금 [拘禁]
- 강제노동 [强制勞動] 强迫勞動
- 공포스럽다 [恐怖] 恐懼
- 통치 [統治]
- 엄격하게 [嚴格] 嚴格地
- 금지하다 [禁止]
- 지적하다 [指摘] 指責
- 용납하다 [容納] 包容、容忍
- 독립언론 [獨立言論] 獨立媒體
- 시민단체 [市民團體] 民間團體
- 표현의 자유 [表現 自由] 言論自由
- 집회 [集會]
- 결사 [結社]
- 막다 阻擋
- 평가하다 [評價] 評論
- 남북관계 [南北關係] 南北韓關係
- 명확하다 [明確] 清楚、肯定的
- 입장 [立場]
- 내놓다 拿出、掏出

문제 題目

1. 이 글의 중심 내용을 고르십시오 . 請選擇本文的重點。

① 휴먼라이트워치는 한국이 취약 계층에 대한 차별이 심하지만 북한은 매우 억압적이라고 분석했다 .

② 휴먼라이트워치는 한국과 북한의 인권 상황이 매우 심각하다고 했다 .

③ 휴먼라이트워치는 한국의 인권 상황이 북한보다 좋다고 봤다 .

④ 휴먼라이트워치는 남북관계가 개선되고 있다고 보고 있다 .

2. 이 글의 내용과 같으면 O, 다르면 X 표시하십시오 .

   如果與本文相同，則標記為 O；如果不同，則標記為 X。

① 휴먼라이트워치는 한국의 성차별이 심하다고 분석했다 . (　)

② 휴먼라이트워치는 한국이 인권을 바탕으로 새로운 남북 관계를 만들고 있다고 봤다 . (　)

③ 휴먼라이트워치는 북한이 사람들의 기본적인 인권을 강력하게 제재하고 있다고 했다 . (　)

④ 휴먼라이트워치는 한국 사회 고위직에 여성이 늘고 있다고 분석했다 . (　)

3. 다음 질문에 대해 생각해 봅시다 . 請思考下列問題，並試著寫出自己的想法。

> 인권은 사람이라면 가져야 할 가장 기본적인 권리로 인식됩니다 . 많은 사람들은 인권이 중요하다고 말합니다 . 세계적으로 여러 인권단체들이 운영되고 있습니다 . 왜 인권이 중요할까요 ?

範例 :

　　인간이라면 그 자체만으로도 존엄과 가치를 가지고 있다고 생각한다 . 그렇기에 인간은 행복을 추구할 권리가 있다 . 이는 민주주의가 추구하는 가장 높은 인간 존중의 정신이다 . 내가 사람답게 살지 못한다면 당연히 행복은 존재하지 않는다 . 사람답게 산다는 것은 ' 자유 ' 가 있어야 가능하다고 생각한다 . 억압 대신에 자유가 보장될 때 행복이 뒤따를 수 있기 때문이다 . 물론 , 자유를 누리는 과정에서 다른 사람에게 피해를 주면 안 된다 . 그렇기에 법이 존재한다 . 법 앞에서는 누구나 평등해야 한다 .

世界人權組織人權觀察（Human Rights Watch）在「2020 年年度報告」中分析了南韓、美國、中國、日本、俄羅斯等 95 個國家的人權狀況。

根據報告分析，韓國對弱勢族群的歧視似乎十分嚴重。

人類觀察指出：「當地普遍存在著對女性的歧視」、「對性別角色持有強烈刻板印象，而政府反而強化了這種觀念。」

人權組織表示：「社會階級越往高層走，女性的比例越低，甚至存在著性別間的薪資差距。」同時指出去年 3 月由英國媒體《經濟學人》公布的「玻璃天花板指數」中，南韓為經濟合作暨發展組織（OECD）29 個會員國中，排名墊底的國家。

人權觀察還抨擊道：「北韓為世界上最壓抑的國家之一」。

人權組織指出：「金正恩延續金氏王朝的三代世襲，利用死刑、拘禁、強制勞動施行恐怖統治。」、「甚至嚴格禁止國民出國、或與海外有所聯繫。」

人權組織認為：「北韓無法容忍任何反對聲浪。」、「禁止獨立媒體、民間團體等，同時限制言論自由、集會結社自由、宗教自由等基本人權。」

人權團體指出：「南韓政府正在建立新的南北韓關係，在此種狀況下，並未對北韓人權狀況表明明確立場。」

정답 및 해설 答案與詳解

正確答案：**1.** ①　**2.** O, X, O, X

詳解：
1. 請參考新聞標題。

2.
①請參考內文第三段。

②最後一段提到，人權團體認為南韓政府正在建立新的南北韓關係，因此並未對北韓人權狀況表達明確立場。

③請參考內文第六、第七段。

④第四段中提到，人權團體表示社會階級越往高層走，女性的比例越低，甚至存在著性別間的薪資差距。

온라인 거래 음식서비스 월매출 1 조 넘어…
연 100% 성장

網路訂餐服務月銷突破 1 兆…年成長率 100%

음식서비스 월 거래액이 사상 처음 1 조 원을 돌파했다 . 음식 서비스는 완전히 조리한 음식을 온라인으로 결제 후 배달해주는 서비스를 말한다 .

통계청이 2 일 발표한 '2019 년 11 월 온라인 쇼핑 동향 ' 자료에 따르면 배송서비스 발달 및 가정 간편식 선호 등으로 인해 배달주문을 비롯한 음식서비스가 전년 같은 달보다 100.3% 증가한 1 조 242 억 원에 달했다 .

통계청 관계자는 온라인 음식 서비스 거래액이 매달 70% 이상 성장하고 있다고 설명했다 .

이렇듯 배달이 한국인의 일상이 된 만큼 음식점을 운영하는 점주들에게 배달앱은 필수가 되었다 .

하지만 점주가 지불해야 하는 배달앱 수수료가 과도하다는 지적이 나오고 있다 . 중소기업중앙회가 실시한 조사에서는 배달앱에 지불되는 수수료가 과도하다는 의견이 56% 에 달했다 .

또한 배달앱 서비스마다 점주가 지불해야 하는 비용 구조가 달라서 어려움을 겪고 있다 . 점주들이 모인 인터넷카페에서는 이러한 배달앱 서비스 상품 이용법에 대한 내용을 자세히 담은 자료들을 쉽게 찾아볼 수 있다 .

한편 , 2018 년 11 월 전체 온라인쇼핑 거래액은 12 조 7 천 576 억 원으로 전년보다 20.2% 증가했다 . 월간 온라인쇼핑 거래액이 처음으로 12 조원을 넘었다 .

어휘 詞彙

- 거래 [去來] 交易
- 거래액 [去來額] 交易金額
- 동향 [動向] 動態、趨勢、走向
- 배송서비스 [配送 service] 外送服務
- 가정간편식 [家庭簡便式] 家庭取代餐
- 선호 [選好] 喜好、偏好
- 비롯하다 包括…在內、以…為首
- 점주 [店主]
- 운영하다 [運營] 經營
- 앱 [app] 應用程式
- 지불하다 [支拂] 支付
- 수수료 [手數料] 手續費
- 과도하다 [過度]
- 지적 [指摘] 指責、指明
- 어려움을 겪다 遭遇困難
- 인터넷카페 [Internet café] 網路論壇

문제 題目

1. 이 글의 중심 내용을 고르십시오 . 請選擇本文的重點。

① 배달앱은 한국인들에게 일상이 되었다 .

② 한국의 배달서비스는 앞으로도 계속 성장할 것이다 .

③ 한국 사람들은 배달 서비스를 항상 이용한다 .

④ 배달 서비스 산업은 계속 성장했지만 점주들에게는 배달앱 사용에 어려움을 겪고 있다 .

2. 이 글의 내용과 같으면 O, 다르면 X 표시하십시오 .
   如果與本文相同，則標記為 O；如果不同，則標記為 X。

① 최초로 음식서비스 거래액이 월 12 조 원을 넘어섰다 . [   ]

② 음식서비스 월 거래액이 늘어난 것은 배송서비스가 발달했기 때문이다 . [   ]

③ 배달앱의 수수료가 적당하다는 의견이 절반 이상에 달했다 . [   ]

④ 점주는 인터넷에서 배달앱 서비스 자료를 공유하고 있다 . [   ]

3. 다음 질문에 대해 생각해 봅시다 . 請思考下列問題，並試著寫出自己的想法。

> 배달앱을 자주 사용하십니까 ? 어떤 배달앱을 쓰고 계십니까 ? 배달앱을 쓰는 이유는 무엇입니까 ?

範例：

　저는 밤중에 야식을 먹을 때 배달앱을 꼭 사용합니다 . 저는 ' 푸드판다 ' 와 ' 우버이츠 ' 라는 배달앱을 사용합니다 . 밖에 나가는 걸 귀찮아 하는 저는 배달앱을 사용하면 멀리 가지 않아도 될 뿐만 아니라 여러 식당의 음식 사진과 리뷰들을 한 번에 볼 수 있습니다 . 게다가 골라먹는 재미도 있습니다 . 배달비를 따로 줘야 하지만 옷을 입고 나갔다 오는 시간을 계산해보면 배달비는 합리적이라고 생각해서 배달앱을 애용하고 있습니다 .

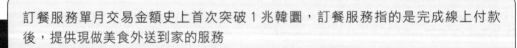

변역 中文翻譯

訂餐服務單月交易金額史上首次突破 1 兆韓圜，訂餐服務指的是完成線上付款後，提供現做美食外送到家的服務

根據統計廳 2 日公布的「2019 年 11 月網路購物趨勢」資料顯示，由於外送服務盛行及偏好家庭取代餐等因素，使得外送訂餐服務較前年同月成長 100.3%，金額高達 1 兆 242 億韓圜。

統計廳相關人士解釋：「網路訂餐服務每月的交易金額成長 70% 以上。」

這反映出外送已融入韓國人的日常生活，因此對經營餐飲店的店家來說，外送 APP 成為了不可或缺的存在。

但是，也有人指出店家需付給外送 APP 的手續費過高。韓國中小企業中央會實施的調查顯示，有高達 56% 的人認為外送 APP 收取的手續費過高。

另外，每一個外送 APP，店家所需負擔的費用規定皆不盡相同，為店家目前所面

臨的困難。在店家所聚集的網路論壇上，則能輕鬆找到詳細說明這類外送 APP 產品使用方法的資料。

另一方面，2018 年 11 月網路購物的總交易金額為 12 兆 7 千 576 億韓圜，較前一年增加 20.2%。網路購物的單月交易金額首次超過 12 兆韓圜。

정답 및 해설 答案與詳解

正確答案：**1.** ④　**2.** X, O, X, O

詳解：
1. 新聞前半段提到外送 APP 的成長，後半段則提到店家因高額手續費以及每個平台手續費的規定不同所遭遇的困難。

2.
① 第一段中提到，訂餐服務單月交易金額超過 1 兆韓圜。最後一段提到超過 12 兆韓圜，指的是網路購物的總交易金額。

② 請參考內文第二段。

③ 請參考內文第五段。當中提到有高達 56% 的人認為外送 APP 收取的手續費過高。

④ 請參考內文第六段。當中提到店家所聚集的網路論壇上，能輕鬆找到詳細說明外送 APP 產品使用方法的資料，因此共享資料的敘述正確。

정부 , 탈 (脫) 원전가속화⋯월성 원자력발전소 1 호기의 영구 정지

政府欲加速廢核，永久關閉月城核電廠 1 號機

1982 년 11 월 가동을 시작한 월성 원자력발전소 1 호기의 영구 정지가 지난 2019 년 12 월 24 일 원자력안전위원회에 의해 결정되면서 정부의 탈원전 정책에 박차를 가하고 있다 .

원전 운영을 맡고 있는 한수원 [한국수자원공사] 은 지난 2018 년 경제성이 부족하다는 이유로 월성 1 호기의 조기 폐쇄를 결정한 뒤 원자력 안전위원회에 영구정지안을 제출했다 .

이에 따라 해당 원전은 해체 과정에 돌입한다 . 원전 운영을 하는 한수원은 해체 계획서를 작성하여 공청회를 거친 뒤 정부의 승인을 받아야 한다 . 이 과정은 5 년 이상 걸릴 것으로 예상된다 . 그 후 해체를 담당할 업체를 선정하고 해체를 진행한 뒤 복원 작업까지 끝내려면 10 년이 더 걸릴 것으로 알려졌다 .

이에 따르는 비용도 상당하다 . 한수원과 원자력 업계는 원전 하나를 해체 하는 데 최소 7000 억 원 이 들어갈 것으로 보고 있다 . 한수원 측은 " 원전 1 기당 7500 억 원씩 배정한 해체 충당금을 원전 해체에 사용하겠다 " 고 밝혔다 . 해체 충당금은 한수원이 원전 해체 예상 금액에 맞춰 매년 발전 수익의 일부를 적립한 것이다 .

이를 해체한다는 결정에 비합리적이라는 목소리도 나온다 . 해체 결정이 난 월성 1 호기는 최근 낡은 부품을 새 것으로 교체하고 보수를 끝냈다 .

원전 해체를 반대하는 전문가들은 계속 운전이 가능한 원전을 영구 정지하는 것은 사회 , 경제적으로 큰 손해라고 비판했다 .

그들은 에너지 수급에도 차질이 있을 수 있으며 부족한 에너지를 충당하기 위해 단가가 비싼 액화천연가스 [LNG] 발전을 늘려야 하고 이는 전기요금의 인상으로 이어질 것이라고 우려했다 .

그들은 " 월성 1 호기 가동으로 연간 LNG 발전 비용을 2500 억 원을 절감하고 연간 400 만 톤 [t] 이상의 온실가스 배출을 줄여 총 1600 억 원의 사회적 비용을 절감할 수 있다 " 며 월성 1 호기의 영구 정지 결정을 철회해야 한다는 입장을 보였다 .

어휘 詞彙

- 탈원전 [脫原電] 廢核
- 원자력발전소 [原子力發電所] 核能發電廠
- 영구 [永久] 永遠
- 정책 [政策]
- 박차를 가하다 [拍車] 加緊、加快
- 경제성 [經濟性] 經濟效益
- 조기 [早期]
- 폐쇄 [閉鎖] 封閉、關閉
- 영구정지안 [永久停止案]
- 제출하다 [提出]
- 해체 [解體] 除役
- 과정 [過程]
- 계획서 [計劃書] 規劃書
- 작성하다 [作成] 撰寫、擬定
- 공청회 [公聽會] 聽證會
- 승인 [承認] 批准、同意
- 복원 [復原] 還原

- 상당하다 [相當] 對等
- 배정하다 [配定] 分配、安排
- 충당금 [充當金] 準備金
- 수익 [收益]
- 적립하다 [積立] 預存、累積
- 비합리적 [非合理的] 不合理的
- 낡다 老舊的、過時的
- 부품 [部品] 零件、配件
- 교체하다 [交替] 更換、置換
- 보수 [補修] 維修、修繕
- 수급 [需給] 供給
- 차질 [蹉跌] 差錯
- 인상 [引上] 上漲
- 우려하다 [憂慮] 擔憂
- 온실가스 [溫室 gas] 溫室氣體
- 배출 [排出] 排放
- 철회하다 [撤回] 撤銷

문제 題目

1. 이 글의 중심 내용을 고르십시오 . 請選擇本文的重點。

① 월성 원자력발전소 1 호기의 영구정지가 결정되면서 해체 과정에 돌입한다 .

② 정부는 탈원전 정책을 강력하게 추진하고 있다 .

③ 원자력발전소의 해체 작업에 많은 비용이 들어간다 .

④ 월성 원자력발전소 1 호기의 가동은 사회적 비용을 많이 절감할 수 있다 .

2. 이 글의 내용과 같으면 O, 다르면 X 표시하십시오 .

如果與本文相同，則標記為 O；如果不同，則標記為 X。

① 월성 원자력 발전소 1 호기는 30 년 정도 가동됐다 . [   ]

② 월성 원자력발전소 1 호기의 조기 폐쇄가 결정된 것은 경제성이 높기 때문이다 . [   ]

③ 원자력 발전소 해체에 최소 7 천억 원이 들어갈 것으로 예상됐다 . [   ]

④ 월성 1 호기는 최근 낡은 부품을 새 것으로 교체하고 보수를 끝냈지만 해체가 결정되면서 비합리적이라는 지적이 나왔다 . [   ]

3. 다음 질문에 대해 생각해 봅시다 . 請思考下列問題，並試著寫出自己的想法。

> 원자력 발전의 장점과 단점에 대해 써 봅시다 .

範例 :

　세계 많은 나라에서 원자력 발전을 두고 논쟁이 끊이지 않고 있다 . 원자력 발전의 장점은 경제성과 환경보호라고 생각한다 . 원자력을 이용해서 에너지를 만드는 데 비용은 석유나 태양광 에너지보다 월등히 저렴하다 . 이 때문에 한국에서 사용되는 전력의 약 40% 정도가 원자력 발전소에서 생산되고 있다고 한다 . 또한 환경 보호의 측면도 원자력 발전의 장점으로 부각된다 . 화력 발전의 경우 온실가스가 나오며 이 온실가스는 지구 온난화를 가속시킨다 . 이로 인한 문제가 심각해지면 이 문제를 처리하기 위한 비용도 들어간다 . 하지만 원자력 발전의 단점은 방사능 노출의 위험과 핵폐기물이다 . 원자력 발전소에서 나오는 방사능이 유출될 가능성이 존재하며 발전소가 안전하게 정상적으로 운영된다고 해도 방사능 물질을 지속적으로 방사능 물질을 배출한다는 사실은 이미 잘 알려져 있다 . 또한 원자력 발전을 한 뒤에 나오는 핵폐기물도 문제라고 할 수 있으며 발전소가 수명을 다 해서 문을 닫을 때 나오는 대량의 핵폐기물은 엄청난 비용을 초래한다 . 미래에 원자력을 대체할 수 있는 저렴한 에너지가 나오지 않는 이상 원자력을 포기할 수 없는 일이라는 생각이 든다 .

月城核電廠 1 號機於 1982 年 11 月啟用，南韓核能安全委員會於 2019 年 12 月 24 日決定將其永久關閉，同時政府則加緊推動廢核政策。

負責核電廠營運的韓國水資源公社，在 2018 年以經濟效益不彰為由，決定提前關閉月城 1 號機，而後便向核能安全委員會提交永久關閉的議案。

該核電廠隨之進入除役階段。經營核電廠的韓國水資源公社需擬定除役計畫、召開聽證會，並獲政府核准，此過程預估需耗時 5 年以上。據悉，其後選定負責拆除作業的業者，經拆除至完成復原作業，還需耗費 10 年以上的時間。

而所需費用也相當可觀。韓國水資源公社和核電業者預測，拆除一個核電廠，至少得投入 7000 億韓圜。韓國水資源公社方面表示：「欲將每座核電廠分配的除役準備金 7500 億韓圜用於拆除核電廠。」韓國水資源公社則會事先預估除役所需經費，每年從核電廠收益中提列一部分作為除役準備金。

也有人表示拆除之決定並不合理。最近才將已決定拆除的月城 1 號機其老舊零件換新，並完成維修工作。

反對核電廠除役的專家批評：「永久關閉仍能繼續運轉的核電廠，將對社會、經濟方面造成極大的損失。」

他們也擔心：「在能源供給方面可能會出現問題。為彌補能源不足的現象，需擴增單價較高的液化天然氣（LNG）發電，將導致電費上漲。」

專家們表示：「月城 1 號機的運轉，每年可以省下 2500 億韓圜的天然氣發電費用，並減少 400 萬噸（t）以上的溫室氣體排放，總共能節省 1600 億韓圜的社會支出。」表明應撤回永久關閉月城 1 號機之決定的立場。

정답 및 해설 答案與詳解

正確答案：**1.** ① **2.** O, X, O, O

詳解：
1. 內文第一段至第三段為本篇新聞重點。

2.
① 第一段中提到，月城核電廠 1 號機於 1982 年 11 月啟用，並於 2019 年 12 月決定永久關閉該核電廠。

② 第二段中提到，因經濟效益不彰，才決定提前關閉。

③ 請參考內文第四段。

④ 請參考內文第五段。

북한, 남북공동연락사무소 폭파…대북전단 살포 논란

北韓炸毀南北共同聯絡事務所…向北韓散布傳單成爭議

북한이 개성에 있는 남북공동연락사무소를 16 일 오후 2 시 49 분경 폭파시켰다 . 이는 지난 13 일 김여정 노동당 제 1 부부장이 남북공동연락사무소가 형체도 없이 무너지는 비참한 광경을 보게 될 것이라고 말한 지 사흘 만에 벌어졌다 . 남북공동연락사무소는 남북 관계에 관한 모든 사항을 연락하고 협의하기 위해 만들어졌다 .

북한은 이날 오후 5 시경 조선중앙 TV 등을 통해 관련 소식을 보도했다 . 4 층 높이의 연락사무소 청사와 15 층 높이의 개성공단 종합지원센터가 폭파되는 모습이 담긴 사진도 공개됐다 .

남북공동연락사무소는 2018 년 제 1 차 남북정상회담 및 제 7 차 남북고위급회담 합의에 따라 북한은 토지만 제공하고 대한민국이 180 억 원을 투입해 지었다 . 이에 따라 대한민국 재산목록에도 사무소가 들어가 있는 것으로 알려져 있어 북한의 일방적인 사무소 폭파 행위는 한국의 재산권을 침해했다는 논란이 제기된다 .

북한은 연락사무소가 역사적인 남북정상회담의 성과물로 평가돼 왔지만 무능한 남한측 당국자들에 의하여 오늘날 쓸모없는 집으로 변해버렸다며 북한의 최고 존엄을 건드린 자들과 아무 가책도 , 반성의 기미도 없는자들로부터 반드시 죄값을 받아내기 위한 1 차적인 첫 단계의 행동이라고 폭파의 이유를 밝혔다 .

이에 앞서 북한은 탈북 단체의 대북전단 살포 행위에 대해 강한 불만을 드러냈다 . 이는 대북제재 등으로 북한 경제가 어려워진 데다가 코로나 19 사태로 국경봉쇄가 이어지면서 김정은 북한 국무위원장을 모독하는 대북전단이 살포되자 강경 대응에 나선 것으로 풀이된다 .

이에 한국 정부는 북한을 비난하는 대신 대북전단 살포 금지에 나섰다 . 한국 통일부는 탈북민 단체 ' 자유북한운동연합 ' 과 ' 큰샘 ' 이 대북 전단과 쌀이 든 페트병을 살포해 남북교류협력법 , 항공안전법 등을 위반했다며 경찰에 수사를 의뢰했다 .

일각에서는 대북전단 살포가 ' 표현의 자유 ' 라며 이를 제한할 법적 근거가 없다는 지적과 함께 통일부가 정권에 따라 입장을 바꾸고 있다는 비판이 나온다 . 2015 년 박근혜 정부 시절의 통일부는 " 민간단체의 대북 전단 살포 행위는 기본적인 표현의 자유에 속하는 영역으로 기본적으로 민간이 자율적으로 판단하여 추진할 사안 " 이라고 밝힌 바 있다 . 과거 북한은 대북전단 살포에 여러 차례 문제 제기를 해왔다 .

어휘 詞彙

- 남북공동연락사무소 [南北共同聯絡事務所]
- 대북전단 [對北傳單]
- 살포 [撒布] 散布
- 개성 [開城]
- 폭파시키다 [爆破] 炸毀
- 형체 [形體] 外形
- 무너지다 傾倒、坍塌
- 비참하다 [悲慘]
- 광경 [光景] 景象
- 벌어지다 展開、蔓延
- 협의하다 [協議] 商議
- 청사 [廳舍] 辦公大樓
- 폭파되다 [爆破] 炸毀
- 토지 [土地]
- 투입하다 [投入]
- 성과물 [成果物] 成果
- 당국자 [當局者]

- 존엄 [尊嚴]
- 건드리다 招惹、挑動
- 가책 [呵責] 苛責、譴責
- 기미 [幾微] 跡象、徵兆
- 코로나 19 [COVID-19] 新冠肺炎
- 사태 [事態] 局勢、局面
- 국경봉쇄 [國境封鎖] 邊境封鎖
- 모독하다 [冒瀆] 冒犯、侮辱
- 강경 [強硬]
- 위반 [違反]
- 수사 [搜查] 調查
- 의뢰하다 [依賴] 委託、依靠
- 표현의 자유 [表現 自由] 言論自由
- 영역 [領域] 範疇
- 자율적 [自律的]
- 추진하다 [推進] 推動、促進
- 사안 [事案] 事件、事宜

문제 題目

1. 이 글의 중심 내용을 고르십시오 . 請選擇本文的重點。

① 북한이 한국에 대북전단 살포를 금지시켰다 .

② 북한이 남북한공동연락사무소 폭파시키자 한국은 화가 났다 .

③ 북한은 한국에 불만이 많아 대화하고 싶어하지 않는다 .

④ 북한이 남북공동연락사무소를 폭파시켰다 .

2. 이 글의 내용과 같으면 O, 다르면 X 표시하십시오 .
如果與本文相同，則標記為 O；如果不同，則標記為 X。

① 김여정 부부장은 연락사무소의 폭파를 이틀 전에 예고했다 . [　]

② 남북공동연락사무소가 폭파되어 양측은 더 이상 연락할 수 없게 되었다 . [　]

③ 남북공동연락사무소는 한국이 180 억 원의 자금을 투입해 건립되었다 . [   ]

④ 대북전단 살포는 과거부터 있어 왔으며 북한은 불만을 표출해 왔다 . [   ]

3. 다음 질문에 대해 생각해 봅시다 . 請思考下列問題，並試著寫出自己的想法。

> 김여정 북한 노동당 제 1 부부장은 한국 정부가 탈북민들의 대북전단 살포행위를 막는 조치를 요구했습니다 . 여러분은 대북 전단 살포를 금지해야 한다고 생각합니까 ?

範例 :

　나는 대북 전단 살포에 대해 금지해야 한다고 생각한다 . 대북 전단 살포는 접경 지역의 긴장이 고조될 수 있기 때문이다 . 이는 접경 지역에 거주하는 주민들의 안전을 위협하며 지역 발전을 저해할 수 있다 . 정부는 이러한 차원에서 제도적 장치를 통해 지역 주민들의 안전을 확보해야 하며 북한을 쓸데없이 자극할 필요도 없다고 생각한다 .

　나는 대북전단 살포 금지에 반대한다 . 남북한은 휴전 상태로 전쟁이 아직 끝나지 않았음을 의미한다 . 즉 , 한국의 적은 북한이다 . 그렇기에 적이 요구한다고 그 말을 듣는다면 적에게 굴복하는 것이나 다름없다고 생각한다 . 또한 전단살포 금지는 표현의 자유를 침해한다고 생각한다 . 대북전단 살포 행위는 북한 인권 개선을 위해 독재체제의 실상을 알리려는 민간 차원의 자발적인 행동이기 때문이다 .

번역 中文翻譯

北韓於 16 日下午 2 點 49 分炸毀位於開城的南北共同聯絡事務所。早前北韓勞動黨第一副部長金與正於 13 日表示：「不久後大家就會看到南北共同聯絡事務所被夷為平地的悲慘景象。」，而事發距她發表此段談話僅三天之隔。南北共同聯絡事務所的創立，為的是聯絡和協商南北韓間所有相關事宜。

當天下午 5 點左右，北韓透過朝鮮中央電視台報導相關消息，並公開 4 層樓高的聯絡事務所大樓和 15 層樓高的開城工業園區綜合支援中心遭到炸毀的照片。

南北共同聯絡事務所是經 2018 年第 1 次南北韓高峰會談和第 7 次南北韓高層會談協議後，由北韓提供土地、南韓出資 180 億韓圜所設置。據消息指出，該事務所被納入南韓國有財產清冊中，因此北韓單方面炸毀事務所的行為，等同於侵害南韓的財產權，因而引發爭議。

北韓透露炸毀的原因：「雖然聯絡事務所被評為具歷史意義的南北高峰會談成果，但礙於南韓當局者的無能，如今已變成毫無用處的大樓。」、「南韓觸犯了北韓的最高尊嚴，卻毫無任何譴責、反省之跡象，因此誓言要南韓付出代價。此舉僅為一系列行動中的第一步。」

在此之前，北韓對於脫北者團體向北韓散布傳單之行為表達強烈不滿。此次行動可以解讀成由於對北韓的制裁，使得北韓經濟陷入困境，加上新冠肺炎疫情，實施邊境封鎖。同時又向北韓散布侮辱北韓國務委員長金正恩的傳單，使北韓採取強硬應對措施。

對此，南韓政府並未譴責北韓，反倒出面禁止向北韓散布傳單。南韓統一部表示：「脫北者團體『自由北韓運動聯合』和『大泉』將裝有傳單和米的塑膠瓶發送至北韓，此舉違反了南北交流合作法、航空安全法等，已委託警方介入調查。」

有部分人士指出：「向北韓發送傳單屬『言論自由』，無法律依據不得對其限制。」同時有人批評：「統一部立場隨政權而轉換。」2015 年朴槿惠政府時期，統一部曾表示：「民間團體向北韓散布傳單之行為，屬基本言論自由之範疇，因此基本上是交由民眾自行判斷並推動的事宜。」過去北韓則曾多次提出向北韓散布傳單的問題。

정답 및 해설 答案與詳解

正確答案：**1.** ④　　**2.** X, X, O, O

詳解：
1. 請參考內文第一段。

2.
① 第一段中提到，南北共同聯絡事務所發生爆炸，距離第一副部長金與正發出的預告，僅三天之隔。

② 文中並未提及相關內容。

③ 請參考內文第三段。

④ 請參考內文最後一段。

성소수자 1 천여명 ,
" 동성결혼을 법적으로 인정해달라 "
一千多名同志朋友要求「承認同性婚姻合法」

성소수자 1056 명이 동성파트너와의 동성결혼 인정을 요구하는 진정서를 국가인권위원회 (인권위) 에 제출했다 .

' 성소수자가족구성권네트워크 (가구넷)' 는 이날 오전 11 시 인권위 앞에 모여 기자회견을 열고 동성연인들도 이성 연인들처럼 가족구성원으로 인정해달라고 요구했다 .

가구넷 소속 백소윤 변호사는 "1056 명의 성소수자가 함께하는 이번 진정은 동성혼 배제에 따른 차별을 문제로 제기하려고 한다 " 며 " 진정을 통해 동성애 배제 자체가 차별임을 보여줄 것 " 이라고 밝혔다 .

그는 인권위가 동성혼 관계를 사회제도에 포섭해야 하는 필요성을 직접 살펴보고 차별 인정 및 제도 개선을 권고하기를 기대한다고 강조했다 .

진정서에는 지난 6 월에 동성파트너와 동거 중인 366 명을 대상으로 실시된 설문조사 결과도 포함된 것으로 전해졌다 . 설문조사에서는 동거하는 동성커플의 주거·의료·직장·연금 등 차별 실태에 대해 물었다 .

조사결과에 따르면 동성커플은 의료분야에서 차별당한 경험이 많았다 .

이들 가운데 수술이나 입원으로 병원을 이용해 본 154 명을 대상으로 설문 (중복응답) 한 결과 , ' 수술동의서에 보호자로 인정되지 않았다 ' 고 답한 이가 56.9%(87 명), ' 입원 때 보호자로 인정되지 않았다 ' 고 답한 이는 63.4%(97 명) 나 됐다 .

또한 ' 의료정보나 환자상태에 대해 설명을 거부당했다 ' 고 응답한 사람은 42.2%(65 명) 였고 , ' 중환자실 방문이 제한됐다 ' 고 답한 이는 13%(20 명) 였다 .

현재까지 한국에서 동성부부가 법적으로 인정받은 경우는 없다 . 한국에는 동성 결혼에 대한 법 조항이 없기 때문에 불법도 합법도 아니다 . 성소수자들은 헌법 제 11 조 평등권과 제 36 조 혼인과 가족생활권을 근거로 동성 결혼의 합법화가 필요하다고 주장하고 있다 .

어휘 詞彙

- 성소수자 [性少數者] 同志族群、LGBT
- 동성결혼 [同性結婚] 同性婚姻
- 인정하다 [認定] 承認
- 진정서 [陳情書]
- 제출하다 [提出] 提交、遞交
- 전하다 [轉 -] 轉交、傳達
- 기자회견 [記者會見] 記者會、新聞發布會
- 배제 [排除] 消除
- 동성애 [同性愛] 同性戀
- 포섭하다 [包攝] 包含、包容
- 권고하다 [勸告] 勸導

- 동거하다 [同居]
- 주거 [住居] 住所
- 의료 [醫療]
- 직장 [職場]
- 연금 [年金] 退休金
- 실태 [實態] 實況、實情
- 차별당하다 [差別 -] 受歧視
- 동의서 [同意書]
- 보호자 [保護者] 監護人
- 거부당하다 [拒否 -] 遭到拒絕、被否決
- 제한되다 [制限] 受限

문제 題目

1. 이 글의 중심 내용을 고르십시오 . 請選擇本文的重點。

① 성소수자들은 사회적 편견으로 힘든 삶을 살고 있다 .

② 성소수자들은 동성혼을 위해 국가인권위원회 앞에서 동성혼 합법화를 위해 시위를 벌였다 .

③ 성소수자들은 동성혼을 인정해달라는 진정서를 국가인권위원회 제출했다 .

④ 성소수자들은 자신들이 차별을 당하고 있다고 느끼고 있다 .

2. 이 글의 내용과 같으면 O, 다르면 X 표시하십시오 .
   如果與本文相同，則標記為 O；如果不同，則標記為 X。

① 한국에서 동성결혼은 합법화되지 않았다 . [   ]

② 변호사는 동성혼인 배제로 인해 차별이 생긴다고 주장했다 . [   ]

③ 동거하는 동성커플은 모두 병원에서 차별을 당했다 . [   ]

④ 성소수자들은 한국에서 살기 힘들어 한다 . [   ]

3. 다음 질문에 대해 생각해 봅시다 . 請思考下列問題，並試著寫出自己的想法。

> 동성결혼에 찬성하십니까 ? 반대하십니까 ?

範例：

　나는 동성결혼에 찬성하는 입장이다 . 인간은 누구나 평등해야 한다고 생각한다 . 동성결혼을 금지하는 것은 소수의 인권을 무시하는 행동이다 . 법에서도 국민의 자유권과 행복추구권이 보장되어야 한다고 명시되어 있다 . 또한 합법화를 통해 성소수자들을 사회적으로 인정해줘야 한다 . 이들은 죄인이 아니기 때문이다 .

　나는 동성결혼에 반대하는 입장이다 . 동성결혼은 사회에 성정체성 혼란을 야기할 수 있다고 생각한다 . 특히 청소년층에서 올바른 성적 가치관을 형성하는 데 큰 영향을 끼칠 수 있다 . 또한 결혼은 본래 이성 간의 약속으로 자식을 낳고 가정을 이루는 것에 그 목적이 있다 . 또한 동성결혼이 합법화 된다면 이들의 성생활로 인하여 에이즈 등과 같은 심각한 질병이 더욱 만연할 수도 있다고 생각한다 .

번역 中文翻譯

有 1056 名同志朋友向國家人權委員會（簡稱「人權委」）遞交陳情書，要求承認同性伴侶間的婚姻。

當天上午 11 點，「同志族群組織家庭權利網絡（簡稱「GagooNet」）」於國家人權委員會前方召開記者會，要求允許同性伴侶成為家庭成員，與異性配偶享有同等權利。

「GagooNet」所屬律師白昭妘表示：「此次陳情由 1056 名同志朋友共同提出，是想對排除同性婚姻的歧視現象提出質疑。」、「欲透過陳情，表明排除同性戀本身就是一種歧視。」

她強調，國家人權委員會應親自審視將同性婚姻關係納入社會制度之必要，期待其能承認歧視，並改善制度。

據悉，陳情書當中包含今年 6 月針對 366 名與同性伴侶同居者，實施的問卷調查結果。問卷調查中，針對同居中的同性情侶詢問有關居住、醫療、職場、退休金等方面遭受歧視的實際情況。

調查結果顯示，同性情侶在醫療方面有許多遭受歧視的經驗。

其中，針對 154 名因手術、或住院就醫者實施問卷調查（可複選）。其結果顯示，回答「無法以監護人身份簽署手術同意書」者占 56.9%（87 人）；回答「無法以監護人身份辦理住院手續」者則占 63.4%（97 人）。

另外，回答「被拒絕向其說明醫療資訊和病患狀況」者占 42.2%（65 人）；回答「被限制進入加護病房探病」者則占 13%（20 人）。

截至目前為止，韓國在法律上並未承認同性夫妻。由於韓國沒有針對同性婚姻的法律條款，因此同性婚姻既不合法，也不算違法。性少數族群以憲法第 11 條平等權和第 36 條婚姻與家庭生活權為依據，主張有必要使同性婚姻合法化。

정답 및 해설 答案與詳解

正確答案：**1.** ③　**2.** O, O, X, X

詳解：
1. 請參閱標題和內文第一段。

2.
① 同性婚姻未合法化，因此性少數族群要求在法律上承認他們。

② 請參閱內文第三段。

③ 內文並未提到他們在所有醫院都遭到歧視。

④ 即使有性少數族群在韓國遭受歧視的事件，但本篇內文並未提及他們因此過得很辛苦。

8 세 여자아이 성폭행범 조두순 , 12 년 복역 곧 출소

性侵 8 歲女童的罪犯趙斗淳，服刑 12 年即將出獄

지난 26 일 한 텔레비전 프로그램에서는 8 세 여자아이를 성폭행한 혐의로 12 년형을 받고 11 년째 복역 중인 조두순의 최근 근황이 공개됐다 .

해당 프로그램에서 그는 수감 초기 모습과는 다르게 얼굴에 살이 통통하게 찐 모습이었다 .

전과 18 범인 조씨는 지난 2008 년 12 월 11 일 경기도 안산시 단원구에서 여자아이 김나영 (가명 , 당시 8 세) 을 납치해 교회 화장실로 끌고 가 성폭행을 하고 다치게 한 혐의로 재판에 넘겨진 뒤 12 년형을 확정받았다 .

이 사건으로 피해 아동은 성기와 항문의 기능 80% 를 상실해 인공 항문을 만들어야 하는 영구 장애를 입었다 .

조두순은 2009 년 1 월 강간상해죄로 기소되어 무기징역형을 구형 받았지만 1 심 판결에서 징역 12 년을 선고 받았다 . 당시 지방법원은 56 세의 범인의 알코올중독 등으로 심신미약상태가 인정된다는 이유로 형을 감경했다 . 이에 대해 검찰은 항소하지 않았고 조두순은 형량이 무겁다며 항소 , 항고를 거듭하였지만 모두 기각되었다 .

조두순은 2020 년 12 월 13 일 출소 할 예정으로 그의 재범가능성이 매우 높을 것으로 예상되고 있다 .

방송에 출연한 이수정 경기대 범죄심리학과 교수는 " 이 사람이 출소하자마자 바로 재범을 저지를 것 " 이라며 우려를 표했다 .

범죄심리학자인 표창원 의원도 " 사실 이것은 살인미수라고 본다 " 며 " 재범 우려가 크다 " 고 분석했다 .

앞서 청와대 국민청원에는 그의 출소를 막아 달라는 글이 올라오며 20 만 명 이상 동의했지만 청와대 측은 현행법상 불가능하다는 입장을 내놓았다 .

어휘 詞彙

- 성폭행범 [性暴行犯] 性侵犯
- 혐의 [嫌疑]
- 복역 [服役] 服刑
- 근황 [近況]
- 수감 [收監] 收押
- 통통하게 胖嘟嘟、圓鼓鼓地
- 살이찌다 變胖、發胖
- 전과 [前科] 案底
- 납치하다 [拉致] 綁架、劫持
- 끌고 가다 拉走、拖走
- 넘겨지다 移交
- 확정 [確定]
- 성기 [性器] 生殖器官
- 항문 [肛門]
- 상실하다 [喪失] 失去
- 인공 [人工] 人造
- 영구 [永久] 永遠
- 장애 [障礙] 缺陷
- 강간상해죄 [強姦傷害罪]
- 기소되다 [起訴] 被起訴
- 무기징역형 [無期懲役刑] 無期徒刑
- 구형 [求刑]
- 1 심판결 [一審判決]
- 징역 [懲役] 徒刑
- 선고 [宣告] 宣判、判處
- 알코올중독 [alcohol 中毒] 酒精中毒、酒精成癮
- 심신미약상태 [心身微弱狀態] 精神耗弱狀態
- 인정되다 [認定] 承認
- 감경하다 [減輕]
- 항소하다 [抗訴] 上訴
- 형량 [刑量]
- 항고 [抗告]
- 거듭하다 反覆、再三
- 기각되다 [棄卻] 被駁回、不被受理
- 출소하다 [出所] 出獄、刑滿釋放
- 재범 [再犯]
- 범죄심리학과 [犯罪心理學科] 犯罪心理學系
- 우려를 표하다 [憂慮 - 表] 表示憂慮
- 의원 [議員]
- 살인미수 [殺人未遂]
- 우려가 크다 令人擔憂
- 국민청원 [國民請願]
- 막다 阻擋、制止
- 동의하다 [同意] 認同
- 현행법 [現行法] 現行法律
- 입장을 내놓다 [立場 -] 表明立場

문제 題目

1. 이 글의 중심 내용을 고르십시오 . 請選擇本文的重點。

① 성폭행범은 12 년의 징역형을 곧 마치고 출소한다 .

② 성폭행범은 다시 범죄를 저지를 것이다 .

③ 피해 아동은 성폭행범으로 인해 인생을 망쳤다 .

④ 성폭행 범죄자에게 강한 처벌이 필요하다 .

2. 이 글의 내용과 같으면 O, 다르면 X 표시하십시오.

如果與本文相同，則標記為 O；如果不同，則標記為 X。

① 조 씨는 감옥에서 다이어트를 했다. [   ]

② 조 씨는 무기징역을 받아서 평생을 감옥에서 보내게 되었다. [   ]

③ 법원은 조 씨에게 검찰이 구형한 형보다 낮은 형을 선고 했다. [   ]

④ 전문가들은 조 씨가 출소하면 범죄를 저지를 것이라고 걱정했다. [   ]

3. 다음 질문에 대해 생각해 봅시다. 請思考下列問題，並試著寫出自己的想法。

> 아동성폭행에 대한 정의, 원인과 문제점 등에 대해 간단하게 생각해 봅시다.

範例：

　아동성폭행은 어린이를 대상으로 성적인 쾌락을 위해 강압적으로 행하는 모든 행위이다. 한국의 형법에서는 이에 대해 '만 13세 미만의 미성년자에 대한 강간 및 강제추행' 이라고 규정하고 있다.

　아동성폭행 범죄자의 대부분은 정신적으로 문제가 있는 것으로 알려져 있다. 전문가들은 어린 시절 성추행을 당한 경험으로 인해 아이들을 보거나 만질 때마다 과거의 기억이 떠올라 범죄를 저지른다고 설명한다. 또 이러한 범죄자들 중에는 성인이 아닌 어린이에게 강한 성적욕구를 느끼는 '소아성애증'을 가진 사람도 많다고 알려져 있다. 보통 소아성애증 환자들은 겉으로 잘 드러나지 않는 데다가 증상이 발견되어도 치료를 받는 일은 극히 드물기 때문에 성범죄를 계속해서 저지를 가능성이 높다고 전문가들은 지적한다.

　아동성폭행 범죄를 당한 피해자들은 심한 충격에 빠질 뿐만 아니라 성에 대해 그릇된 인식을 갖게 된다. 이러한 상처는 피해자가 평생을 안고 살아가야 하는 고통이 된다. 때로는 영구적인 신체적 장애까지 남긴다.

　아동성폭행 범죄자들에 대한 강력한 처벌도 중요하다. 하지만 이런 범죄를 예방하기 위한 노력이 더 중요하다고 생각한다. 성교육 및 성폭력 등에 관한 예방 교육이 강화되어야 할 것이며 제도적인 정비가 끊임없이 이루어져야 할 것이다.

26 日，某電視節目公開因涉嫌性侵 8 歲女童，遭判 12 年有期徒刑的趙斗淳，其服刑邁入第 11 年的近況。

該節目中公開他臉部變胖的照片，與入獄初期的樣貌截然不同。

2008 年 12 月 11 日，擁有 18 項前科的趙某，涉嫌於京畿道安山市檀園區綁架女童金娜英（化名，當時 8 歲），將她拖至教會洗手間內性侵並致其受傷，被移交審判後，最終判處 12 年有期徒刑。

該事件導致受害幼童的生殖器官和肛門喪失 80% 的功能，造成永久性缺陷，使其不得不裝上人工肛門。

趙斗淳於 2009 年 1 月因性侵傷害罪被起訴，被判處無期徒刑，但在一審獲判 12 年有期徒刑。當時地方法院認定 56 歲的嫌犯因酒精中毒處於精神耗弱狀態，以此為由減輕量刑。對此檢方並未提出上訴，然而趙斗淳則認為量刑過重，多次提起上訴和抗告，卻全數遭到駁回。

趙斗淳將於 2020 年 12 月 13 日刑滿出獄，預估他再犯的可能性極高。

京畿大學犯罪心理學系教授李秀晶在節目上表達其憂慮：「此人出獄後，勢必會再次犯案。」

犯罪心理學家表蒼園議員也分析稱：「我認為實際上這算是殺人未遂。」、「擔心他會再度犯案。」

早前，青瓦台國民請願網站上，出現要求阻止他出獄的文章。雖然有超過 20 萬人連署同意，但青瓦台方面則表明其立場：「以現行法律無法阻止他出獄。」

정답 및 해설 答案與詳解

正確答案：**1.** ①　**2.** X, X, O, O

詳解：

1. 從標題中可以得知。第一段中提到，趙斗淳因涉嫌性侵被處以 12 年有期徒刑，以及服刑邁入第 11 年，也就是指即將刑滿出獄的意思。

2.
① 第二段中提到，'살이 통통하게 찐 모습이었다'〔變成肉肉的樣子〕，無法得知是否減了肥。

② 第五段中提到，雖求刑無期徒刑，但一審獲判了 12 年有期徒刑。

③ 檢方求處無期徒刑，法院則判決了 12 年有期徒刑，所以法院的判決比檢察官求處的刑罰還輕。

④ 請參閱內文第 6 段至第 9 段。

Chapter 4

台 灣 新 聞

難 度 1 到 3 顆 星 , 用 韓 文 看 台 灣 時 事 。

2019 년 대만의 연평균 기온 사상 최고치
2019 年台灣年均溫創歷史新高

2019 년 대만 연평균 기온이 기상 측정을 시작한 1947 년이래 사상 가장 따뜻한 해로 기록됐다 .

대만 중앙기상국에 따르면 2019 년 12 월 29 일까지 측정된 연평균 기온은 24.56 도다 .

이는 종전 최고 기록을 세웠던 2017 년과 2016 년보다 0.1 도 이상 높은 수치다 . 두 해의 평균 기온은 24.4 도였다 .

온도 분포로 보면 2019 년 5 월은 시원한 편이었지만 다른 달의 경우 모두 따뜻한 편이었다 .

특히 1~4 월은 뚜렷하게 더운 편으로 나타났다 .

이는 중국에서 대만으로 남하한 차가운 공기가 매우 약했던 것이 주요 원인이다 .

어휘 詞彙

- 연평균 [年平均] 年均
- 사상 [史上] 有史以來
- 최고치 [最高値] 最大値
- 측정 [測定] 測量、檢測
- 이래 [以來]
- 중앙기상국 [中央氣象局]
- 종전 [從前] 先前

- 기록을 세우다 [記錄] 創下紀錄
- 수치 [數値] 數字
- 분포 [分布]
- 뚜렷하게 明顯地、顯著地
- 남하하다 [南下]
- 주요 [主要]
- 원인 [原因]

문제 題目

1. 이 글의 중심 내용을 고르십시오 . 請選擇本文的重點。

① 대만의 4 월은 상당히 덥다 .

② 대만의 5 월은 쌀쌀한 편이다 .

③ 2019 년 대만 연평균 기온은 제일 따뜻한 한 해였다 .

④ 대만은 한국보다 덥다 .

2. 이 글의 내용과 같으면 O, 다르면 X 표시하십시오 .
   如果與本文相同，則標記為 O；如果不同，則標記為 X。

① 2019 년 대만 연평균 기온은 2016 년과 2017 년의 평균보다 0.1 도 낮게 나타났다 . [   ]

② 매년 1~4 월은 중국에서 더운 공기가 내려와 따뜻하다 . [   ]

③ 2017 년과 2016 년의 연평균 기온은 같다 . [   ]

④ 대만에서 기상 측정이 시작된 해는 1947 년이다 . [   ]

3. 다음 질문에 대해 생각해 봅시다 . 請思考下列問題，並試著寫出自己的想法。

> 날씨 때문에 계획을 취소하거나 바꾼 적이 있습니까 ?

範例 :

　나는 날씨 때문에 여행 계획을 취소한 적이 있다 . 지난해 여름에 나는 한국 부산으로 여행을 가려고 했다 . 하지만 출발 하루 전에 갑자기 태풍이 와서 내가 타려던 비행기가 취소됐다 . 예약한 게스트하우스도 보려던 공연도 다 취소했다 . 돈을 낭비한 기분이 들었지만 어쩔 수 없었다 .

번역 中文翻譯

2019 年台灣年均溫是自 1947 年起實施氣象觀測以來最高的紀錄，為史上最暖的一年。

根據台灣中央氣象局觀測，截至 2019 年 12 月 29 日止的年均溫為 24.56 度。

這比過去創下最高溫紀錄的 2017 年和 2016 年高出 0.1 度以上，而這兩年的年均溫皆為 24.4 度。

從溫度分布來看，2019 年除 5 月份偏涼之外，其餘月份皆偏暖。

尤其是 1 至 4 月份明顯偏熱。

主要原因為中國南下至台灣的冷空氣偏弱所致。

정답 및 해설 答案與詳解

正確答案：**1.** ③　**2.** X, X, O, O

詳解：
1. 請參閱內文第一段。

2.
① 2019 年平均氣溫約比這兩年高了 0.1 度左右。請參閱內文第三段。

② 內文最後一段中提到，中國的冷空氣南下。

③ 請參閱內文第三段。

④ 請參閱內文第一段。

대만 , 동성결혼합법화 1 년 후 동성혼인신고 3500 건 넘어

台灣同性婚姻合法化一年後 , 同性結婚登記件數超過 3500 件

대만에서 동성결혼이 본격적으로 시행된 지 만 1 년이 지난 가운데 동성혼인을 신고한 커플 수에 관심이 쏠린다 .

지난 1 일 대만 내정부 [內政府] 가 발표한 통계에 따르면 동성혼인 신고건수는 2020 년 3 월말까지 3 천 553 건으로 나타났다 .

성별로 보면 여성커플의 등록이 더 많았다 . 여성커플의 혼인이 2 천 431 건 , 남성커플의 혼인이 1 천 122 건이었다 . 이혼은 188 건 (여성 114 건 , 남성 74 건) 으로 집계됐다 .

이에 앞서 혼인신고가 시행된 첫날인 2019 년 5 월 24 일에 500 쌍의 동성커플이 혼인신고를 마친 바 있다 . 당시 여성커플 329 쌍 , 남성커플 171 쌍이 등록했다 .

주요 6 대 도시별로 살펴보면 신베이시 [新北市] 가 722 건으로 1 위에 올랐다 . 타이베이시와 가오슝시 [高雄市] 는 각각 582 건 , 473 건으로 2, 3 위를 차지했다 . 타이중시 [台中市], 타오위안시 [桃園市], 타이난시 [台南市] 가 423 건 , 347 건 , 234 건으로 그 뒤를 이었다 .

대만은 아시아 최초로 2019 년 5 월 17 일 관련법이 입법원 [국회] 을 통과해 일주일 뒤인 24 일 동성혼인전문법이 시행되면서 전국에 있는 행정사무소인 호정소 [戶政所] 에서 동성혼인등기 또는 이혼신고를 할 수 있게 됐다 .

동성결혼이 합법화된 지 1 년이 지난 현재 대만인들의 동성결혼에 대한 인식이 나아진 것으로 나타났다 .

쑤전창 [蘇貞昌] 행정원장은 대만인 53% 가 동성커플이 합법적으로 결혼 권리를 누려야 한다는 데 동의했다며 설문조사 결과를 인용해 말했다 . 이는 2018 년 실시된 설문조사 결과보다 15.1% 상승한 것이다 .

쑤 원장은 " 성평등위원 및 각계에서 옳은 일을 지지하는 분들에게 감사하다 " 고 밝혔다 .

어휘 詞彙

- 동성결혼 [同性結婚] 同性婚姻
- 합법화 [合法化]
- 본격적 [本格的] 正式的
- 시행 [施行] 實施
- 동성혼인 [同性婚姻]
- 커플 [couple] 伴侶、情侶
- 관심이 쏠리다 備受關注
- 등록 [登錄] 登記
- 살펴보다 觀察、查看
- 등기 [登記]
- 인식 [認識] 認知

- 나아지다 變好、提高
- 권리 [權利]
- 누리다 享有
- 동의하다 [同意] 支持
- 인용하다 [引用]
- 상승하다 [上升] 提高
- 성평등위원 [性平等委員] 性平委員
- 각계 [各界]
- 옳은 일 對的事、正確的事
- 지지하다 [支持] 支撐

문제 題目

1. 이 글의 중심 내용을 고르십시오 . 請選擇本文的重點。

① 대만에서 동성결혼 합법화가 1 년이 지난 가운데 많은 이들이 혼인신고를 했다 .

② 동성혼인은 여자들에게 인기가 높다 .

③ 대만에서 동성끼리의 결혼은 흔한 일이다 .

④ 대만에서 동성혼인 합법화 1 년 만에 사람들은 동성커플이 사랑할 수 있는 권리를 인정했다 .

2. 이 글의 내용과 같으면 O, 다르면 X 표시하십시오 .
如果與本文相同，則標記為 O；如果不同，則標記為 X。

① 동성혼인 신고는 신베이시에서 가장 많이 등록됐다 . [　]

② 대만의 동성혼인 합법화는 아시아에서 처음으로 실시된 것이다 . [　]

③ 대만 행정원장은 동성커플들의 결혼을 지지하는 입장이다 . [　]

④ 동성커플의 결혼은 남자가 여자보다 훨씬 많다 . [　]

3. 다음 질문에 대해 생각해 봅시다 . 請思考下列問題，並試著寫出自己的想法。

> 성소수자는 성소수자라는 이유로 직장에서 해고되는 등 차별을 당하는 사례가 많이 있습니다 . 이러한 사례를 찾아보고 미래에 성소수자에 대한 차별이 사라질지 이야기해 봅시다 .

範例：

　성소수자의 사회적 차별은 이미 세계 여러 곳에서 많은 사례들을 찾아 볼 수 있다 . 최근 미국 법원에서는 성소수자라는 이유로 직장에서 해고를 당한 것에 대해 " 그가 다른 성별이었다면 문제가 되지 않았을 특성이나 행위를 문제 삼아 해고한 것과 같다 " 며 성별에 의한 차별이라고 밝혔다 . 다시 말해 성적 지향도 성별로 인정했다 . 한 통계에서는 2019 년 성소수자 차별 신고는 1868 건으로 2013 년에 비해 131.2% 증가했지만 이 차별 문제를 회사와 성공적으로 조정한 경우는 전체의 0.8% 에 그쳤다 . 이는 직장에서 성소수자 차별 문제를 해결하는 것이 매우 어렵다는 것을 보여준다 . 성소수자에 대한 차별이 사라질지 미지수다 . 고용주와 같이 ' 갑 ' 의 위치에 있는 사람이 종교적 신념을 바탕으로 성소수자를 대한다면 차별 문제는 논란의 대상으로 남아있을 것이기 때문이다 .

변역 中文翻譯

在台灣正式實施同性婚姻屆滿一年之際，辦理同性結婚登記的情侶數量備受關注。

本月 1 日，根據台灣內政部統計，截至 2020 年 3 月底為止，同性結婚登記的件數為 3553 件。

按照性別劃分，辦理登記的女同志伴侶較多。女同志伴侶的結婚件數為 2431 件、男同志伴侶的結婚件數則為 1122 件。離婚件數共計 188 件（女性為 144 件、男性為 74 件）。

早前，2019 年 5 月 24 日結婚登記實施首日，就有 500 對同性伴侶完成結婚登記。當時有 329 對女同志伴侶、171 對男同 志伴侶完成登記。

從六都來看，新北市有 722 件，位居第一。台北市和高雄市分別有 582 件和 473 件，位居第二和第三名。緊隨其後的是台中市、桃園市、和台南市，分別為 423 件、347 件、和 234 件。

台灣立法院（國會）於 2019 年 5 月 17 日通過同婚相關法案，成為亞洲首例。一週後的 24 日，隨著同性婚姻專法的實施，得以在全國行政機關之戶政事務所辦理同性結婚登記或離婚登記。

調查顯示，在同性婚姻合法化的一年後，現今台灣人對同性婚姻的認知已有所提升。

行政院長蘇貞昌表示，民調結果顯示有 53% 的台灣人同意同性伴侶應享有合法結婚的權利。與 2018 年實施的民調結果相比，上升 15.1%。

蘇院長表示：「感謝性平委員及各界堅持做對的事。」

정답 및 해설 答案與詳解

正確答案：1. ①　2. O, O, O, X

詳解：
1. 請參考內文第一段。

2.
① 請參考內文第五段。

② 請參考內文第六段。

③ 請參考內文最後一段。

④ 請參考內文第三段。

대만, 여성 입법위원 비율 아시아서 1 위
台灣女性立法委員比例亞洲居冠

대만 행정원 성평등위원회는 대만 입법위원 (국회의원) 중 여성의 비율이 41.59% 를 차지하고 있다고 8 일 밝혔다 .

국제의원연맹 (IPU) 통계에 따르면 대만의 여성 국회의원의 비율이 아시아에서 가장 높으며 세계에서는 16 번째로 높다 . 이는 유엔개발계획 (UNDP) 이 실시한 성평등 평가에서 1 위를 차지한 스위스보다 높은 것이다 .

대만의 여성 입법위원의 비율은 2004 년 22.1%, 2016 년 38% 를 기록한 바 있다 .

전문가들은 대만에 여성 의원의 비율이 높은 이유에 대해 여성할당제를 꼽는다 .

1990 년 중반부터 정당들이 자발적으로 후보 공천에 여성할당제를 적용하기 시작했다 . 대만은 1997 년 개헌을 통해 전국구 25% 까지 여성할당을 확대했고 , 2005 년에는 이를 정당 비례대표 후보 50% 로 규정했다 .

아울러 대만 회사에서 관리자급 직위에 있는 여성도 43% 를 차지했으며 성별에 따른 임금격차도 지난해보다 줄어들었다 .

35~39 세 여성의 노동참여 비율이 사상 처음으로 80% 를 넘어섰다 .

쑤전창 (蘇貞昌) 행정원장은 세계 여성의 날을 맞이해 대만 여성들이 가족 및 나라를 위해 공헌하고 있는 데에 감사함을 표했다 .

쑤 원장은 이어 여전히 여성들은 직장에서 불평등한 대우를 받고 있다면서 정부는 지속적으로 여성들을 돌보아 성평등 사회를 실현할 것이라고 강조했다 .

어휘 詞彙

- 입법위원 [국회의원] 立法委員 (國會議員)
- 연맹 [聯盟]
- 여성할당제 [女性割當制] 女性保障名額制
- 적용하다 [適用] 應用
- 개헌 [改憲] 修憲
- 비례대표 [比例代表]
- 규정하다 [規定]
- 아울러 同時、並且
- 관리자급 [管理者級] 管理職務
- 직위 [職位]
- 임금 격차 [賃金格差] 薪資差距

- 노동참여 [勞動參與]
- 비율 [比率] 比例
- 사상 [史上] 有史以來
- 공헌하다 [貢獻] 奉獻
- 감사함을 표하다 表達感謝
- 여전히 [如前 -] 仍舊、依然
- 불평등하다 [不平等]
- 대우 [待遇]
- 지속적 [持續的]
- 실현하다 [實現]

문제 題目

1. 이 글의 중심 내용을 고르십시오 . 請選擇本文的重點。

① 30 대 여성의 노동 참여 비율이 매우 높다 .

② 대만 사회에서 여성의 참여는 반드시 필요하다 .

③ 대만 여성 입법위원의 비율은 아시아에서 가장 높으며 계속 증가해왔다 .

④ 여성할당제가 시행되지 않았으면 여성의 정치 참여는 낮았을 것이다 .

2. 이 글의 내용과 같으면 O, 다르면 X 표시하십시오 .
   如果與本文相同，則標記為 O；如果不同，則標記為 X。

① 정부의 노력이 없었다면 여성 정치인의 비율은 낮았을 것이다 . [　　]

② 행정원장은 여성의 정치 참여를 늘리고자 노력하겠다고 말했다 . [　　]

③ 대만의 여성 입법위원의 비율은 점점 감소하고 있다 . [　　]

④ 대만은 성평등 사회를 완벽하게 실현했다 . [　　]

3. 다음 질문에 대해 생각해 봅시다 . 請思考下列問題，並試著寫出自己的想法。

> 대만 여성들이 정치 참여의 비율이 높은 이유는 무엇일까요 ?

範例：

　　대만을 보면 지방자치제도와 여성할당제가 여성 정치인의 비율을 높인 것으로 보인다 . 대만은 1950 년부터 지방자치제를 실시하면서 지방정치가 활성화되었으며 이와 더불어 여성할당제는 여성의 지방 정치 참여를 독려했다 . 지방정치에 참여한 여성들은 이러한 경험과 능력을 인정 받고 입법위원이나 중 앙 정부로 진출하는 발판을 마련할 수 있었다 . 대만의 여성정치인 대다수가 정치가문 출신으로 대만의 가족주의 문화가 여성을 정치계로 끌어들이는 힘이 된 것 같다 . 여성할당제를 통해 정치계에 뛰어든 여성 정치인의 자질과 능력은 남성 정치인과 비교했을 때 비슷하거나 더 낫다고 말하는 사람도 많다 .

번역 中文翻譯

台灣行政院性別平等委員會於 8 日公布，台灣立法委員（國會議員）中女性占全 體比例 41.59%。

根據國際國會聯盟（IPU）的統計，台灣女性國會議員的比例居亞洲之冠，世界 排名第 16 名。遠比聯合國開發計劃署（UNDP）的性別平等程度調查中，排名 第一的瑞士還高。

資料顯示，2004 年與 2016 年台灣女性立法委員的比例分別為 22.1% 和 38%。

專家指出，台灣女性議員比例較高的原因在於女性保障名額制。

從 1990 年代中期開始，政黨在提名候選人方面，自願性的採取女性保障名額制。 台灣在 1997 年修憲之後，更將全國女性保障名額比例拉高至 25%，並在 2005 年規定，政黨比例代表席次中，女性名額不得低於 50%。

另外，在台灣公司擔任管理職務的女性也高達 43%。與前一年相比，兩性薪資差

距亦有所縮減。

35 至 39 歲的女性勞動力參與率，有史以來首次超過 80%。

行政院長蘇貞昌在迎接國際婦女節之際，向所有為家庭及國家付出貢獻的台灣女性表達感謝之意。

蘇院長表示：「女性們在職場上仍遭受不平等的待遇」，並強調：「政府將持續幫助女性，實現兩性平等的社會。」

정답 및 해설 答案與詳解

正確答案：**1.** ③　**2.** X, X, X, X

詳解：
1. 請參考內文第一至第三段。

2.
①根據內文第四和第五段，政黨自願性採取女性保障名額制後，經修憲而得以落實。

②行政院長的發言出現在文末，當中並未談及有關政治的內容。

③請參考內文第三段。

④文中並未提到已完全實現兩性平等，且最後一段行政院長的發言中提到「성평등 사회를 실현할 것（欲實現兩性平等的社會）」，表示目前尚未實現。

대만인 1 년간 병원에 몇 번 갔을까 ?

台灣人一年就醫幾次 ?

대만인 1 명이 2019 년 1 년간 병원에서 진료를 받은 횟수는 평균 15 회로 나타났다 . 최소 한 달에 한 번 이상 병원을 찾은 셈이다 .

대만 위생복리부 중앙건강보험서 (中央健康保險署) 가 최근 발표한 통계에 따르면 , 2019 년 한 해 동안 90 차례 이상 병원에서 진료를 받은 대만인이 3 만 5 천여 명으로 이들의 진료 비용은 32 억 대만달러에 달했다 . 2016 년에는 4 만 4904 명으로 집계된 바 있다 .

1 년간 병원 진료를 가장 많이 받은 사람은 43 세 여성으로 466 차례 병원에서 진료를 받았으며 47 만 6 천 대만달러의 치료비용이 발생했다 . 두 번째로 병원을 자주 찾은 사람은 36 세 여성으로 413 번 병원을 찾아 20 만 9 천 대만달러의 진료비가 나왔다 . 그뒤로 32 세 남성이 412 번 병원을 찾아 35 만 9 천대만달러의 진료비를 썼다 .

건강보험서는 나이가 많을수록 병원을 자주 찾으며 호흡기질환 , 두통 , 빈혈 등의 증상이 병원을 찾는 주된 이유로 꼽았고 , 가정의학과 , 내과 , 이비인후과를 자주 찾는 것으로 나타났다고 설명했다 .

연령으로 보면 65 세 이상 노인이 병원 방문이 잦았지만 병원 방문 횟수가 높은 것은 고령자에게만 해당되는 것은 아니라고 건강보험서는 덧붙였다 .

건보서는 " 병원 치료가 잦은 사람들은 건강에 여러 문제가 있을 수 있다 " 며 " 이들이 치료가 필요하지만 치료받을 병원을 찾지 못 할 경우 협조하여 이들을 적극적으로 보살필 것 " 이라고 강조했다 .

대만은 건강보험이 발달되어 있다 . 1994 년 7 월 전민건강보험법이 입법원 (국회) 에서 통과된 뒤 이듬해 전 국민을 대상으로 의료보험 제도가 본격적으로 실시됐다 .

아울러 , 한국인 1 인당 연평균 진료횟수는 대만보다 다소 높은 것으로 보인다 . 2018 년 한 해 한국인 1 인당 16.9 회 진료를 받은 것으로 나타났으며 증가 추세를 보였다 . 이 통계는 한국 보건복지부가 2019 년 12 월에 발표했다 .

어휘 詞彙

- 병원을 찾다 就醫
- 진료비용 [= 진료비] [診療費用] 醫療費用
- 치료 [治療]
- 호흡기질환 [呼吸器疾患] 呼吸道疾病
- 두통 [頭痛]
- 빈혈 [貧血]
- 가정의학과 [家庭醫學科] 家醫科
- 내과 [內科]
- 이비인후과 [耳鼻咽喉科] 耳鼻喉科
- 잦다 頻繁的
- 고령자 [高齡者]
- 해당되다 [該當] 屬於
- 협조하다 [協助]
- 적극적 [積極的] 主動
- 보살피다 照顧、關懷
- 발달되다 [發達] 發展
- 입법원 [立法院]
- 통과되다 [通過]
- 이듬해 翌年、下一年
- 전 [全]
- 본격적 [本格的] 正式的
- 실시되다 [實施] 推行
- 아울러 同時、並且
- 연평균 [年平均] 年均
- 진료횟수 [診療回數] 看診次數
- 다소 [多少] 稍微、些許
- 추세 [趨勢]

문제 題目

1. 이 글의 중심 내용을 고르십시오. 請選擇本文的重點。

① 대만인들은 자주 병원에 간다.

② 대만의 건강보험제도는 세계에서 최고 수준이다.

③ 1년 동안 대만인들이 병원을 방문하는 횟수는 평균 15번이다.

④ 대만의 건강보험제도 덕분에 병원 진료비가 저렴하다.

2. 이 글의 내용과 같으면 O, 다르면 X 표시하십시오 .

如果與本文相同，則標記為 O；如果不同，則標記為 X。

① 2019 년 대만에서 90 차례 이상 진료를 받은 사람들은 3 만 명이 넘는다 . 〔   〕

② 2019 년 1 년간 병원을 가장 많이 찾은 사람들은 모두 노인들이다 . 〔   〕

③ 대만 건강보험서는 치료가 필요한 사람들에게 직접 치료해 주기도 한다 . 〔   〕

④ 대만은 건강보험이 발달했다 . 〔   〕

3. 다음 질문에 대해 생각해 봅시다 . 請思考下列問題，並試著寫出自己的想法。

여러분이 생각하는 건강보험제도의 정의와 역할에 대해서 써 봅시다 .

範例：

   건강보험제도는 일종의 사회보장제도이다 . 이는 질병이나 부상으로 인해 발생한 고액의 진료비로 가계에 과도한 부담이 되는 것을 막기 위한 제도라 할 수 있다 . 이 제도의 역할은 국민이 진료비에 대한 직접적인 부담감을 줄여 주고 , 효과적으로 치료할 수 있도록 돕는다 . 특히 , 저소득층에게 이러한 제도를 통하여 병원비의 부담을 줄여 주어 경제적으로 안정된 삶을 추구할 수 있도록 돕는다 . 한국은 국민이라면 의무적으로 가입해야 하고 보험료 부담 능력에 따라 부담하되 모두 균등한 혜택을 누릴 수 있다 .

調查顯示，2019 年台灣人平均每人一年去醫院看診的數次為 15 次，相當於每月至少就醫一次以上。

根據台灣衛福部中央健保署最近公布的統計數據顯示，在 2019 年有 3 萬 5 千名台灣人一年去醫院看診的次數超過 90 次，這些人的醫療費用高達 32 億台幣。2016 年的統計則為 4 萬 4904 人。

該年就醫次數最多的人為一名 43 歲女性，就診 466 次，支付的醫療費用為 47 萬 6 千台幣；就醫次數第二名為 36 歲女性，就診 413 次，支付 20 萬 9 千台幣的醫療費；第三名為 32 歲男性，就診 412 次，花費 35 萬 9 千台幣的醫療費。

健保署表示：「經常就醫的人以長者居多，主要是因呼吸道疾病、頭痛、貧血等症狀就醫，高就診的科別依序為家醫科、內科、和耳鼻喉科。

健保署補充說道：「按照年齡區分，65 歲以上的長者就醫較為頻繁，但這並不表示就醫次數多的人皆屬高齡者。」

健保署強調：「就醫較為頻繁的人，在健康上可能有諸多問題，需要就醫治療。但若找不到合適的醫院就診，健保署便會提供協助，主動關懷他們。」

台灣的健康保險制度發達，1994 年 7 月立法院（國會）通過《全民健康保險法》後，翌年便以全體國民為對象，正式實施醫療保險制度。

另外，韓國人每人每年平均看診的次數略多於台灣。數據顯示，2018 年韓國人平均每人一年看診 16.9 次，呈逐漸增加的趨勢。此為韓國保健福祉部於 2019 年 12 月所公布的統計結果。

정답 및 해설 答案與詳解

正確答案：**1.** ③ **2.** O, X, X, O

詳解：
1. 請參考內文第一段。

2.
① 請參考內文第二段。

② 請參考正文第五段，並非全都是老年人。

③ 文中並未提到健保署會直接提供治療。

④ 請參考內文第七段。

대만 가오슝시장 파면 확정…총통 , " 민주주의 한걸음 나아갔다 " 평가

台灣高雄市長罷免成定局 , 總統表示「民主主義向前邁進了一步」

대만 한류로 불리던 한궈위 (韓國瑜) 가오슝 (高雄) 시장의 파면이 확실시됐다 .

지난 6 일 한궈위 시장에 대한 파면 투표가 실시되었으며 이날 오후 6 시 32 분 개표작업이 마무리 됐다 .

투표 결과 , 파면 찬성은 93 만 9090 표 , 반대는 2 만 5051 표 , 무효는 5118 표로 집계됐다 . 가오슝 전체 유권자의 25% 인 57 만 4996 명 이상이 파면에 찬성할 경우 파면이 이루어진다 . 이로써 한 시 장은 대만 지방자치 사상 최초로 파면 당한 시장이 됐다 .

파면 찬성표는 한 시장이 지난 2018 년 11 월 가오슝시장 선거에서 획득한 표를 넘어섰다 . 그는 시 장 선거에서 89 만 2545 표로 당선됐다 . 규정에 따라 선거위원회는 7 일내 이를 공고하고 공고되는 날 바로 한 시장의 직무는 해제된다 .

파면이 확정된 날인 6 일 쉬쿤위안 (許崑源) 가오슝시의장이 자신이 살고 있는 아파트에서 투신해 목숨을 끊었다 . 그는 중풍을 앓은 적이 있고 건강상태가 좋지 않았던 걸로 전해졌다 . 대만 언론들 은 건강상태 및 한 시장의 파면 확정 등에 책임을 느껴 극단적인 선택을 한 것으로 전했다 .

차이잉원 (蔡英文) 총통은 대만 민주주의가 한 걸음 앞으로 나아갔다고 강조했다 . 차이 총통은 "90 만 명 이상의 가오슝 시민이 민주적 권리를 행사해 내린 집체적 결정으로 대만 민주주의를 한 단계 발전시켰고 , 이 결과는 모든 정치인들에게 가장 큰 경계심을 유발시켰다 " 고 평가했다 . 그 는 또 " 의견의 다름도 평화적으로 표현할 수 있다 " 며 " 이는 대만 민주주의에서 가장 주목할 만한 것 " 이라고 말했다 .

어휘 詞彙

- 파면 [罷免]
- 확정 [確定]
- 한걸음 一步
- 나아가다 前進、邁進
- 실시되다 [實施] 推行
- 확실시되다 [確實視] 確認、定局
- 개표작업 [開票作業]
- 마무리되다 收尾、結束
- 집계되다 [集計] 總計、合計
- 유권자 [有權者] 選民
- 지방자치 [地方自治]
- 획득하다 [獲得] 得到
- 당선되다 [當選]
- 규정 [規定] 規則
- 선거위원회 [選舉委員會]
- 공고하다 [公告] 公布

- 직무 [職務]
- 해제되다 [解除]
- 투신하다 [投身] 致力於
- 목숨을 끊다 自殺、自我了斷
- 중풍 [中風]
- 앓다 生病
- 극단적인 [極端的] 偏激的
- 권리를 행사하다 [權利 - 行使] 行使權利
- 집체적 [集體的]
- 경계심 [警戒心] 戒心、警惕
- 유발시키다 [誘發]
- 다름 不同、區別
- 평화적 [平和的] 和平的
- 표현하다 [表現] 表達
- 주목하다 [注目] 關注

문제 題目

1. 이 글의 중심 내용을 고르십시오 . 請選擇本文的重點。

① 총통은 가오슝 시장의 파면에 기뻐했다 .

② 가오슝시의장의 극단적인 선택 때문에 가오슝시장이 파면됐다 .

③ 가오슝시민들은 민주주의를 적극적으로 지지한다 .

④ 가오슝시장의 파면 투표에서 기준을 넘어서면서 파면이 확정됐다 .

2. 이 글의 내용과 같으면 O, 다르면 X 표시하십시오.

如果與本文相同，則標記為 O；如果不同，則標記為 X。

① 가오슝시장 파면으로 가오슝시의 민주주의는 진보했다. [   ]

② 가오슝시장의 파면 찬성표가 시장 당선 득표수보다 많다. [   ]

③ 가오슝시장의 자살은 정의를 실현한 것이다. [   ]

④ 총통은 파면 투표를 매우 높게 평가했다. [   ]

3. 다음 질문에 대해 생각해 봅시다. 請思考下列問題，並試著寫出自己的想法。

> 투표는 보통 다수결의 원칙에 따라 이루어집니다. 다수결은 합리적인 방법일까요?

範例 :

　　다수결은 여러 선택 중에서 가장 많은 지지를 얻은 집단의 의사 결정이다. 집단에서 의사결정을 할 때 만장일치만큼 좋은 방법은 없지만 이러한 결과를 얻는다는 것은 현실적으로 쉽지 않다. 이를 대체할 방법이 바로 다수결이라 할 수 있다. 그렇기에 다수결은 소수의 의견이 무시된다. 또한 여러 사람이 선택했으므로 옳은 것처럼 느껴질 수도 있다. 또한 소수를 탄압하기 위한 법안이 다수에 의해 결정될 수도 있다. 소수의 기본권이 다수에 의해 침해되어서는 안될 것이다.

有「台灣韓流」之稱的高雄市長韓國瑜罷免已成定局。

韓國瑜市長罷免案於本月 6 日進行投票，並於當天下午 6 點 32 分完成開票作業。

投票結果顯示，同意罷免的票數為 93 萬 9090 票、不同意罷免的票數為 2 萬 5051 票、無效票為 5118 票。當中同意票佔高雄全體選民 25% 以上，等同於有超過 57 萬 4996 人同意時，便能通過罷免。這使得韓市長成為台灣地方自治史上首位被罷免的市長。

同意罷免的票數超越韓市長先前於 2018 年 11 月高雄市長選舉中獲得的票數，當時他在市長選舉中以 89 萬 2545 票當選。依規定，選委會將於 7 日內公告，並於公告日當天解除韓市長的職務。

6 日罷免案通過後，高雄市議長許崑源自住家跳樓輕生。據傳他先前曾中風過，健康狀況一直欠佳。據台灣媒體報導，他疑因健康問題與韓市長確認遭罷免等因素，意識到自身責任，做出了極端的選擇。

總統蔡英文強調：「台灣的民主主義向前邁進了一步。」同時表示：「有 90 多萬名的高雄市民行使民主權利，做出了集體的決定，讓台灣民主主義更進一步。這個結果，是給所有政治人物最大的警惕。」並提到：「意見不同，也能和平表達」、」「這是台灣民主最了不起的地方。」

정답 및 해설 答案與詳解

正確答案：**1.** ④　　**2.** X, O, X, O

詳解：
1. 請參考內文第一至第三段。

2.
① 文中並未提到高雄市的民主主義因罷免而進步，總統僅表示台灣的民主主義又向前邁進。請參考內文第六段。

② 請參考內文第四段。

③ 高雄市長並未選擇自殺。

④ 請參考內文最後一段。

韓國駐台記者教你看懂韓語新聞：50 堂由淺入深的閱讀
訓練課 / 柳廷燁著；關亭薇翻譯 . -- 初版 . -- 臺北市：日
月文化，2020.12
224 面；19*25.7 公分 . --（EZ Korea；30）

ISBN 978-986-248-924-6（平裝）

1. 韓語 2. 讀本

803.28　　　　　　　　　　　　　　109016403

EZ Korea 30

韓國駐台記者教你看懂韓語新聞：
50 堂由淺入深的閱讀訓練課

作　　　者：柳廷燁
翻　　　譯：關亭薇
編　　　輯：邱曼瑄
行銷人員：陳品萱
封面設計：謝捲子
內頁排版：唯翔工作室

發 行 人：洪祺祥
副總經理：洪偉傑
副總編輯：曹仲堯
法律顧問：建大法律事務所

出　　　版：日月文化出版股份有限公司
製　　　作：EZ 叢書館
地　　　址：臺北市信義路三段 151 號 8 樓
電　　　話：(02) 2708-5509
傳　　　真：(02) 2708-6157
網　　　址：www.heliopolis.com.tw
郵撥帳號：19716071 日月文化出版股份有限公司

總 經 銷：聯合發行股份有限公司
電　　　話：(02) 2917-8022
傳　　　真：(02) 2915-7212

印　　　刷：中原造像股份有限公司
初　　　版：2020 年 12 月
初版 4 刷：2021 年 10 月
定　　　價：450 元
I S B N：978-986-248-924-6
